しゃぼん

吉川トリコ

JN282782

集英社文庫

contents

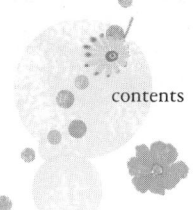

本文イラスト・渡邉 美里
本文デザイン・成見 紀子

しゃぼん

しゃぼん

1

息ぐるしさと、血のにおいと、ハルオの帰ってきた音で目が覚めた。またいつのまに、眠ってしまったらしい。

「あれ、鼻血出たの？」

上着を脱ぎながらハルオが私を見おろしている。

それで、思い出した。

すっかり陽《ひ》が沈んでしまってからしけった洗濯物を取り込んで、そのときベランダから見た月がまったりしたおぼろ月で、いいなあ、と思ったんだった。そこで私は月を追いかけてお散歩しようと、洗濯物をほっぽって部屋に戻った。出かける前にトイレで用を済ませていると、つ、と鼻の穴をなにかがつたってきて、無造作に手で拭《ぬぐ》ったら血だった。赤く染まった指先を見おろし、鼻血にしてはなんとまあ鼻水っぽいテクスチャーなんでしょう、と驚いた。

生理のときは鼻血が出やすいんだった、血の気が多くなってるのかしら？ そんなことを考えながらトイレットペーパーのはじっこをちぎって鼻の穴につっこみ、生理用ナプキンを取り替えた。そのまま顔を天井に向けてソファまで歩いていき、ごろんと横になった。鼻血が止まるまでお散歩はおあずけだ。口で息をしながら、しばらくぼうっとしていた。あわてずさわがずじっとする。鼻血を出したときにはこれがいちばん効く。

ちいさなころからよく鼻血を出す子どもだった。授業中に鼻血を噴き出し、ティッシュもハンカチもなくて、机の中から探り出したノートや保健室だよりなんかの切れ端で血を拭うことがしょっちゅうあった。書道のある日は、半紙があって助かった。やわらかくて血をよく吸うから重宝した。授業中だけでなく、好きな男の子の目の前で、ピアノの発表会の舞台上で、はじめてのデート、居酒屋バイトのピークの時間帯、鼻血はどんなときでも容赦なくやってきて私のすべてを赤く染めた。恥ずかしかったなあ、あのときも、あのときも、あのときも。恥ずかしくて、かっと顔が熱くなって、それで余計に鼻血が止まらなくなるんだよなあ……。

「鼻血止まるの待ってるあいだに寝ちゃったみたい」

私は鼻の穴につっこまれたままになっていたトイレットペーパーを引き抜いた。血がかたまって、かちかちになってるそれをすぐかたわらのゴミ箱に放り入れる。わずかに経血とも、手を切って流れる血ともちがう血のにおいがした。

「最近出てなかったのに。めずらしいね」

ハルオのまとう深い夜のふんいきが、時間の経過をそっと私に知らせた。見ると、壁の時計は深夜三時をさしていた。

大股でローテーブルを飛び越して、ハルオがこちらまでやってくる。膝《ひざ》をついて、私のおでこに、頰《ほお》に、鼻先に、キスをする。お姫さまにかしずく従者のように、性的なニュアンスをまったく感じさせないやりかたで。夜の気配がいっそう濃厚になる。

「うん、もうなおったのかと思ってた」

「鼻血って、なおるとかそういうものなのか？」

「わかんないけど、最近ずっと出てなかったから」

「最後に出したのいつだったっけ？」

私は思い出すそぶりをちょっとだけしてから、もう忘れた、と答えた。

「あのとき、すごかったよな。おぼえてる？　ほら、あのレストラン行ったとき」

笑いを含んだ声でハルオが言う。んふふ、と笑って、おぼえてるよ、と私は答える。

どちらかの誕生日や、クリスマスや、つきあいはじめた記念日や、なにかにかこつけて私たちはお食事に出かけていた。おいしいものを食べるのが、ふたりともなにより好きなのだ。あの日はかなり奮発して、ホテルのレストランでフレンチを食べた。赤ワインよりもレアステーキよりもあざやかな赤色でテーブルクロスを染めてしまって、かなりあせった。やっぱりその日も私はハンカチを持っていなくて（どうしてもハンカチを持ち歩く習慣が身につかない）、膝にかけてあったナフキンで鼻を拭う私を見て、ありえない、ありえなさすぎるとげらげらハルオは笑っていた。

「出しちゃいけないときに限って出すんだもんな。ここぞというときを狙ったかのように」

「そんなことないよ。あのときだけだって」

「そうかあ？」

「そうだよ。それより、のどかわいた。なんか飲みたい」

三歳児みたいに舌足らずなしゃべりかたで私は言った。

「自分でやれ」

口ではそんなことを言いながら、ハルオはすぐに立ち上がって、冷蔵庫からミネラルウォーターのボトルを持ってきてくれた。親切にキャップまで開けてくれる。

「あ」

ボトルを受け取ろうと起き上がって、私は声を漏《も》らした。お尻のあたりにぐずぐずした不快感がある。

「どうした?」

「またやっちゃったみたい」

身をよじらせると、スウェットのお尻に楕円形の赤いしみができていた。

「あーあ。なにやってんだよ。上から下から血ぃ出して。血の気の多いやつだな」

あきれたようにハルオが笑う。

いつもそうだ。私の粗相《そそう》をハルオは叱《しか》ったりしない。甘えた声を出せば、なんでもあたえてくれる。なんだかおままごとしてるみたいだ、と思う。ハルオはときどきお父さんになり、お兄ちゃんになり、弟になり、息子になり、幼なじみになる。私の望むとおりに、キャラを演じてくれる。でもそれはキャラだから、ほんとうにはならない。

だったらハルオは私にとってのなんなのだろう。なにがほんとうなんだろう。それを決めてしまうのがこわくて、だから私たちは慎重に、なんにも気づいてないふりをして、核心に迫る話を避け、ふざけたことばかり言って、おままごとを続けている。

「ほらどいて。ソファまで汚れてるから」

かたくしぼった雑巾《ぞうきん》を片手にハルオが言う。ソファは合皮の安物なので、雑巾でさっと拭えばそれで済む。問題は、私のいろいろのほうだ。これからスウェットごとバスルームに飛び込んで、衣類と体を洗い、タオルで体を拭いて、新しい下着と新しい部屋着に着替えて……考えるだけで億劫《おっくう》で、めまいがしてくる。

「だめだよ、花。はやくお風呂入ってきなさい。ソファは拭いておいてあげるから」

すべて見透かしたようにハルオが言った。お父さんキャラだ。

「だってえ、でもぉ、寒いしぃ」

私は駄々をこねる子どものキャラになって、ソファの上で膝を抱えこんだ。このままどんどん体が重くなって、ハルオの力でも動かせないぐらいになっちゃえばいいのに。こなきじじいみたいにさ。ほんとの子どもみたいに真剣にそんなことを考えてる自分が、ちょっとおかしかった。

「そのままにしといたら気持ち悪いだろ。花のためを思って言ってやってんだから言うこときなさい。お風呂入ってこなかったら今日はもう布団で寝るの禁止だからな」

そんなこと、言われなくてもわかってる。ほんのちょっと面倒なのをがんばってお風呂に入りさえすれば、すっきりして気持ちよくなることはわかってるのだけど、私には目先の楽のほうが魅力的なのだ。

「……っていうか」

がっとハルオの手が伸びてきて私の頭を抱えこんだ。やばい、と思ったときにはもう遅かった。

「くさっ！　いったいいつからお風呂に入ってないの？　うんこのにおいするよ⁉

やばい、吐きそう」

それはいくらなんでも大げさなんじゃ、とつっこみたくなるような仕草で顔をそらし、ハルオがオエップする。私はあははと笑って、

「やだなあ、たった三日だけだよぉ」

ハルオの肩をぽんぽん叩《たた》いてやった。

「三日も⁉」ハルオが目を剝《む》いた。「だって生理中なんでしょ？　きれいにしとかなくちゃだめなんじゃないの？　っていうか、それ三日のにおいじゃないだろ。正直に言いな。いまさら驚いたりしないから。だれかさんのおかげで、女の子に幻滅することなんてもうこれ以上ないってほどしてきてるから。女の子はみんなお風呂好きだなんて思ってやしないから。むしろしょっちゅうお風呂入ってるしずかちゃんのほうが

異常なんだって知ってるから。嘘《うそ》つかなくてもいいんだよ。ちょっとやそっとのことで、いまさら花を捨てたりしないよ」

「あーもう、うるさいなあ」

わんわんまくしたてるハルオを制するように、私はハルオの顔の前でばたばた手をふった。「普通に〝風呂入れ〟ですむことを、なんでそういちいちイヤミっぽくねちねち言うかな。わかったよ、入ってくればいいんでしょ、入ってくれば」

「普通に言っただけじゃ言うことときかないからそうしてるんだろ」

「はいはい、すいません。ぜんぶ私が悪いんです。どうせどうせぜんぶぜんぶ私が」

「生え際のほう、あぶらがこびりついて固まってるから一度じゃ流せないかもよ。二度洗いでしっかり洗わんと」

「どうしよっかなあ。そんな元気ないもんなあ。だれかがお風呂洗ってお湯ためていいにおいのする入浴剤入れてくれるなら考えなくもないんだけどなあ」

「………………」

つめたい視線。ほんの一瞬の葛藤。それからため息をつくと、

「絶対だからな」

と念押しして、ハルオはバスルームに向かった。勝った。

私は満足して、ころんと横になった。ばたばたと、お風呂の支度をする音が聞こえてくる。

甘やかしすぎだともやさしすぎだとも思わない。私には、もうこれがあたりまえになっている。私たちの生活ぶりをよく知るなっちゃん（ハルオの妹だ）は、しょうがないよ、と兄の肩をなだめるように叩く。おにいちゃんが花ちゃんをここまでぐうたらにスポイルしちゃったんだから、責任とってお世話したげないと。などとやっぱり私を甘やかすようなことを言う。

このままもう一度眠ってしまえばお風呂に入らなくてもすむかも、と思って目を閉じた瞬間、

「だめだよ、花。寝たらだめだからな」

先まわりしてそれを止めようとするハルオの声がした。

ちぇっ、ばれてる。しかたなく私は起き上がり、重い体を引きずってバスルームまで向かった。

暗い脱衣所に浴室からの光がぼうっと伸びていた。バスマットの上にしゃがみこんで、バスタブを洗うハルオを見あげたら、なんだかハルオの子どもになったような心持ちがした。

「おとーさーん」

呼びかけてみるが、はっ、と軽く漏らした息で笑うだけで、ハルオは答えない。おにいちゃーん、に変えてみても同じだった。

できることならハルオの子どもに生まれてきたかった。そうでなければ妹に。もしいつか、ハルオに娘ができたりしたら、私はその子にたまらなく嫉妬《しっと》するだろう。いま、なっちゃんに激しく嫉妬してるのと同じように。だけど、ハルオの娘もなっちゃんも、ハルオから恋人のキスはもらえない。それをもらえるのは私だけ。いいだろ、ふふん。優越感が、嫉妬心と同じだけの質量で、私の中にある。自分でもややこしくて困る。

「ハルオ、好きだよ」

愛の告白をしたら、鼻の奥がつんとした。

ごしごしバスタブをこする音、シャワーで洗剤を流す音、それにまぎれてハルオが鼻を鳴らした。なにを言っても無視されるので、私はしかたなく自作の「花とハルオの歌」をうたった。うたうたびにメロディも歌詞も微妙に変化していくのだけど、私もハルオもそんなことは気にしてない。だって、口承の音楽なんてそんなものでしょう?

蛇口からとろりとお湯が流れ出してバスタブにたまっていく。その様子をハルオは黙って、私はうたいながら、見ていた。花とハルオー、花とハルオー、おめでたいふたりー、ばかみたいな名前ー、お花咲き乱れるはるりょーらーん、お花見しましょ、そうしましょー、だって私たちは花とハルオー、冬なのに花とハルオー、真冬でも花とハルオー。あっけらかんとしたごきげんな歌詞なのに、メロディはマイナー調になってしまった（ちょっと「ドナドナ」入ってた）。

「今日はなにしてた？」

ワンコーラスうたい終えたところで、ハルオが訊《き》いた。何百回、何千回とくりかえされてきた質問。私は起きてからしたことを思い浮かべ、甘えるようなだらしない口調でハルオに伝える。

「んーとね。昼に起きて、カップ焼きそば食べて、それからちょっとお昼寝して、おやつにつぶして食べるとおいしいパンをつぶしてアイスクリームといっしょに食べて、コーヒーも飲んで、ちょっとテレビ見て、トイレ掃除しようかと思った矢先におなかがすいて沖縄そば食べて、食器洗おうと思ったけどその前に洗濯物取り込むことにして、で、鼻血が出て寝ちゃった」

「食って寝てばっかりじゃん」

「なんか文句ある?」

「いや、花は食って寝てるのがいちばん似合ってるよ」

「やだなあ、照れるじゃない。それほどでもないよう」

「そろそろお湯たまったかな」

ふたりして脱衣所にしゃがみこんで、くだらない話をして笑ってるかんじがよかった——のだけれど、お湯がたまってしまったらしい。シャツの袖《そで》をまくりあげて、ハルオが湯船に片腕をつっこむ。いいあんばいだよ、とおじいちゃんみたいな口ぶりで言う。

私はしかたなく立ち上がり、のろのろと上に着ていたぴっちぴちのジャージを脱いだ。かなり昔、スポーツジムに通いはじめたころにはりきって揃《そろ》えたナイキのジャージは、いまではすっかり部屋着と化してしまっている。見栄をはってSサイズを買ってしまったことを、ちょっと後悔してる。「これからジムに通うんだから痩《や》せるはず」だなんてどうして思ってしまったんだろう。そんなことで痩せるんだったら、とっくの昔に痩せている。素直にLサイズにしておけばよかった。

「ずっとしゃがんでたから足がしびれちゃってる」とつぶやいたら、

「それ、デブの証拠」とあっさり切り捨てられてしまった。

シャンプーは二回するんだよ、としつこく言って、ハルオは脱衣所を出ていった。いつもだったらここで私の頭を撫《な》でてくれるはずなのに、うんこのにおいにひるんだのか、それともあぶらべったりだからか、今日はそうしてくれなかった。

湯気でみたされた浴室で、洗面器に水をはり、血で汚れたショーツとスウェットを洗った。

「何年女やってんだろ、あたし」

つぶやいた声は浴室に反響して、すうっと消えた。

いつか読んだマンガで、何年女やってんだろ、あたし、と嘆きながら血で汚れたパジャマやシーツを洗う女の子がいた。生理がくるたびに粗相をしてしまう私は、けれどそんなふうには思わない。またやっちゃった、テへ、ぐらいのことですんでしまう。たぶん、私は、まだそんなに女をやってないんだろう。三十まであとすこし、という女がまだ女をやってないだなんてどのツラ下げて言うんだか、と思わなくもないけれど、実感として女をやった時間はほんとにわずかだ。

媚《こび》をふくんだ目つきや指先、べたべたからみつくような甘い声、射程範囲内に異性が侵入した瞬間、全身からフェロモンを放出させる。女をやるのは、エネルギーが大量にいる。私のようなずぼらにはとうてい無理だ。女をやるのは疲れる。

女でないのならいったいなんなのだと訊かれたら、そんなのこっちが訊きたいよ、と思ってしまう。ニュアンスでわかってくれ、と思う。とにかく女ではないなにか。私はそれだ。これまでずっとそうやってきた。そして、ここ一年ほど、一瞬たりとも女をやってない。

一年前のある日を境に、仕事をやめた。それからずっと家にいる。家にいて、一日中、食って寝てばかりいる。ハルオとセックスすることもなくなった。それまで頻繁に電話やメールでやりとりしていた北海道に住む姉とも、ぱたりと音信不通になった。直接の原因は、自分でもよくわからない。あまりにもいろんなことがあった。いろんなことがありすぎて、私はどうしていいのかわからなくなった。どれもこれもが他人からみたらたいしたことではなくても、どれもこれもが私にとってはたいしたことだった。

だれも私を理解してくれなかったし、私も理解を求めたりはしなかった。ただ、ハルオにだけ、ひどく乱暴なやりかたで、傲慢《ごうまん》に、むりやりに受け入れさせた。

ハルオが私のためにつくってくれた、目に見えないゼリー状のシールド（もしそれが目に見えるとしたら、半透明のピンク色をしていて、しかも舐《な》めるとほっぺが落ちるぐらい甘かったりするといいな、と私は願ってる）にくるまれて、私はひどく居心地のいい生活を手にいれた。そしてなっちゃんはそれすらも「スポイルの一環」として済ませてくれるのだった。もしかしたらなっちゃんも、ハルオとはべつの、目に見えないわたあめ状かなんかのシールド（それももちろん薄いピンク色をしていて、ほんのりざらめのにおいのする懐かしい甘さだったりするといいな、すごくいい）で、ふわふわ私を包んでくれているのかもしれない。

洗面器を傾けると、ピンク色の水がゆっくり流れていった。ピンクの水はくるくるまわって排水口に吸い込まれる。入浴剤は甘いミルクのにおい。軽く体を流して、私は湯船につかった。

いいぞ、いいぞ。

お湯の中でゆらゆら揺れる肉のついた白いおなかや太腿《ふともも》を眺めて、私はつぶやく。いいぞ、いいぞ。もっと太って、キメを失い、しわくちゃの、醜《みにく》い体になればいい。

鏡を見るたびため息をつくようになる日がくるなんて、十代のころは思ってもみなかった。皺《しわ》やしみを見つけては悲鳴をあげ、年なんてとりたくない、いつまでも女の子でいたい、かわいい服も着たいしピンクのメイクもしたい、と泣きそうなくらい切実に願うようになるなんて。藁《わら》にもすがる思いでスポーツジムに通い、セルライト防止のボディオイルでマッサージして、高価な美容液を顔に塗りたくって……。

けれどもう、そんな時期はとうにすぎた。どんなにがんばったって、どんなにお金をかけたって、いつかは捕まる。どうせいつか、花は枯れてしまうのだ。だったらさっさと枯らしてしまったほうがいい。そのほうが楽でいい。

いまの私には、永遠に花を咲かせておくエネルギーが足りない。あちこちひび割れ、たるみ、ぶつぶつざらざらし、全身にこまかく皺の走ったくすんだ自分の裸体を想像して、私はうっとりした。

来月、私は三十になる。

「てっとりばやいのはやっぱ煙草《たばこ》じゃん？　お肌に悪いよお、超悪い」

そう言って、なっちゃんは煙草のけむりをぷはあと吐いた。顔にかかって、私はげほごほとむせた。

ずっと外に出ない生活をしているせいか、顔や手足が目にみえて白くなってしまった、肌が白いと二割増しくらいきれいに見えてしまう、それが気に入らない、と私が言ったら、「なにそれ？　じまんしてんの？　もしかしてあたしに対するイヤミ？」となっちゃんはむっとしていた。寝不足と煙草とお酒のせいでなっちゃんの肌はいつもちょっと荒れ気味だ。

「煙草はひどいよ。ビタミンCぶちこわし。血行悪くなるし、くまもできるし、いいことないよ、最悪だよ」

吸っていた煙草をもみ消し、すこしの間もおかずに次の煙草に火をつけながら言う。矛盾してる、なんて無粋なつっこみはいまさらしない。

「でも煙草ってけっこうお金かかるでしょ？　私、いま収入なしだもん。ただのごくつぶしだもん。お金かかるのはちょっとだめだよ」

「ああなんだ、ごくつぶしって自覚はあるんだ？」

「あるよう。失礼しちゃう。なかったらただのダメ人間じゃん」

「自覚あってしてるほうがダメな気するけどね」

「とにかく煙草なんて無駄なものにお金使ってらんないよ」

現在、我が家の収入は宅配ピザのアルバイトをしているハルオのバイト代だけだ。あまり無駄遣いはできない。

洋服は激安量販店、化粧品はドラッグストアで九百八十円で売ってる化粧水と乳液だけ。お酒もすっかり飲まなくなって、外食もほとんどしない。大好きなカフェや雑貨屋にも寄りつかなくなったし、映画も観にいかなくなった。雑誌も本もマンガも買わない。たまにハルオとマンガ喫茶に行くぐらいで、生活用品の買い出し以外はほとんど出歩かず、電気代節約のために一日の半分以上を寝てすごす。ガス代節約のためにお風呂は三日に一度（そう、節約のためしているだけであって、決して私がお風呂嫌いというわけではないのだ！）。食事は安くて簡単なものを。おやつは安くておなかにたまるものを。

なんてストイックな生活ぶりなんだろう。化粧品や洋服に惜しみなくお金を使い、毎月ファッション誌や美容系雑誌を何冊も買って、話題の本や映画にはすぐ飛びつき、レストランに行けば値段も見ずに食べたいものを食べたいように注文し、こじゃれたカフェや有名パティシエの手がけた至高のスウィーツなんかに目がなくて――そんな物欲にまみれた生活をしていたかつての自分がうそのようだ。だれにそうしろと言われたわけでもないのにそうしなきゃいけないような気がして、必死にあれこれ消費していた。刺激的であればあるほど、新しければ新しいほどよかった。止まったら死んでしまうとさえ思っていた。

なんだったんだろう、あれは。足を止めてしまってからも、こうして私はだらしなく生きのびてる。

「でもおにいちゃん、毎月生活費としてけっこうな額くれてんでしょ？　どうしてんの、それ」

スパッ、スパッ、スパッと一本の煙草を三吸いぐらいで吸い切って、なっちゃんは灰皿にぐりぐり押しつけた。

「ないしょ」と言って笑う私に、

「パチンコとかしてんじゃないのぉ?」探るようなまなざしを向ける。

「するわけないじゃん。なっちゃんじゃあるまいし」

「ないしょって怪しいんだ。言えないようなことしてるんじゃないのぉ?」

「しつこいよ、なっちゃん。たとえあったとしても貸さないからね」

「バレたか」

なっちゃんはちっと舌打ちして、私のいれたコーヒーをまずそうにすすった。

「うーん、まずい」と、やっぱりまずそうに顔をしかめて言う。

「うそばっかり。おいしいくせに。それも超おいしいくせに」

「バレたか」

なっちゃんは今度はおいしそうに、ぐびぐびコーヒーを飲んだ。

このコーヒーだけが、いままでは唯一のぜいたく品だ。

うちからスーパーへ行く途中に、いつもコーヒーのいいにおいを漂わせているちいさな珈琲店がある。あのにおいにさからえるコーヒー好きなんていないと思う。もしいるとしたら、それはその程度のコーヒー好きだ。私はさからえないほどのコーヒー好きなので、ついつい誘われるままお店に足を踏み入れてしまう。カウンターの前で目をきらきらさせて待っていると（もし私に尻尾《しっぽ》があったらぶんぶん振っていることだろう）、マスターが本日のおすすめを小さな紙コップに入れて持ってきてくれる。私が買うのはだいたい決まっていて、よほどのことがなければブレンド、たまになんとなく気が向いてマンデリンか炭焼、夏のわずかなあいだだけアイス用。それでもマスターはお店に顔を出すたび、律儀に試飲させてくれるのだ。

無漂白の茶色い紙袋にコーヒー豆を詰めてもらって部屋までの道を歩いていると、ふとした拍子にコーヒーのにおいが甘く薫って、しあわせな気持ちになる。わくわくして、そのままスキップしていきたくなるのを、もういい年なんだからとそっと諌《いさ》め、急ぎ足で部屋に戻り、手動のミルで豆をひく。ごりごりやってるあいだにお湯が沸く。至福のときだ。

ゆっくりゆっくり円をえがくようにお湯を注いでいくと、部屋の中がコーヒーの香りにみたされてゆく。トイレットペーパーがなくなってスーパーに買いにいく途中だったのに、コーヒー豆だけ買って戻ってきてしまったことに気づくのは、そのあとすぐ、トイレに入ったときだ。あらあら、とそのたびに思って私は力なく笑う。これまで一度ならず二度、三度、そんなことがあった。卵だったりおしょうゆだったり洗濯洗剤だったり、そのたび品はちがえど急を要するものばかりだったのだけど、あらあら、と私はゆったりかまえてやりすごす。しまいには、ボケはじめたおばあちゃんみたいでかわいい！　と喜んだりして、そのままコーヒーの香りの中で眠ってしまう。

「仕事行きたくないなあ。このままここでコーヒー飲んで、花ちゃんみたいにだらだらしてたい」

「だらだらしてけばいいじゃん。私はべつにかまわないよ」

「花ちゃんといっしょにしないでよ。あたしには養わなきゃいけない子どもがふたりもいるの。花ちゃんとは背負ってるものがちがうんだからね」

「はいはい。そうですか。ごめんなさいね」

なっちゃんは最初の新婚旅行でパリに行ったときに買ったというヴィトンのボストンから、二度目の新婚旅行でハワイに行ったとき買ったというM・A・Cのコスメポーチを取り出して化粧をはじめた。

「花ちゃん、髪の毛やってもらってもいい？」

「いいよぉ。今日はどうする？　名古屋巻き？　それとも神戸巻き？」

「うーんそうだな。今日は名古屋のほうで」

私は断りもせずなっちゃんのバッグに手をつっこんで、ホットアイロンを取り出した。ヘアクリップで無造作にまとめただけの髪をほどくと、黄色っぽく色が抜け、すっかり傷んでしまった髪がなっちゃんの肩に散った。

「ばっさばさ」

「キューティクルのかけらもないっしょ」

「リカちゃんとかバービーの髪みたい。こんなだったよね？　おぼえてる？」

「あそこまでか？　あそこまで酷《ひど》い？　ああもういいよ、どうせあたしの髪は死んでるよ」

リキッドファンデーションを顔に塗りのばしながら、吐き捨てるようになっちゃんが言う。

なっちゃんはハルオの妹で、二十四歳で、中卒で、バツ2の独身で、二児の子持ち（それぞれ父親はちがう）で、元ヤンのヤンママで、キャバ嬢で、小説家志望で、映画監督にもなりたくて、でもほんとの本気の夢はほんとに本気でしあわせな家庭を築くことで、現在、私の唯一の茶飲み友だちだ。

ハルオとなっちゃんの実家は、ここから電車で何駅も行ったところにある古い商店街の中のおさかな屋さんで、その二階に住居をかまえている。なっちゃんはそこに五歳のヒロトと三歳のハルユキを連れて出戻っている。なっちゃんは自分は保育園に通っていたくせに、保育園を信じていない。どこでおぼえてきたんだか、子どもはぜったい幼稚園に通わせなくてはいけない、と思い込んでいて、高いお金を払って私立の幼稚園にふたりの子どもを通わせている。朝はお母さんにふたりの息子の世話をまかせ、昼過ぎごろに起き出して、幼稚園バスで帰ってくる子どもたちを迎えにいき、コンビニでおやつを買い与え、息つくまもないままふたりを実家に置いて、週三ぐらいのペースでうちにやってくる。ひとめで水商売だとわかるようなド派手なスーツを着て、どっさり荷物を抱えて。なっちゃんの勤務先は、うちのすぐ近くなのだ。

私たちはなっちゃんが気まぐれに買ってくるロールケーキやマカロンやシュークリーム、もしくは我が家に常備してあるチョコレイトやビスケットをつまみながらコーヒーを飲んで、歯に衣着せぬもの言いでおたがいを罵《ののし》りあい、ときには険悪なふんいきになったり、ときにはげらげら笑ったりしながら、なっちゃんの出勤の支度に取りかかる。慣れないうちは内巻きも外巻きもわからずむちゃくちゃにしか巻けなかった私が、いまでは芸術的にうつくしいホステスヘアを作りだせるようにまでなった。

「ホステス専門の駆けつけヘアセット屋さんでもやろうかな。このへん、キャバクラとかけっこうあるし、クチコミで広げればいい儲けになるんじゃないかな。一回千円で、値段も良心的にして」

「なに言ってんの。だれがここまで育ててやったと思ってんの。花ちゃんはあたしの専属なんだから。だめだよ、余計な欲出しちゃ」

「いいアイディアだと思ったんだけどなあ。この腕一本で生きてく職人って、なんかかっこいいじゃん」

「腕一本って……。言っとくけど花ちゃんたいした腕持ってないから。盛り師ぐらいのテクを身につけてからそういうことは言うべきと思うよ、あたしは。あー、それにしても仕事行くのめんどいなー。今日何日だっけ？　げ、給料日あけじゃん。お店忙しいんだろうなあ」

　器用にちょこちょこペンシルを行き来させ、目の際にぶっといラインをつくりながらなっちゃんがため息をつく。あいかわらず化粧が濃い。

　なっちゃんは、はすっぱに見える。ビッチの中のビッチに見える。でも、無駄に濃い化粧と傷んだ髪と安っぽい服がそう見せてるだけで、素材はかなりいい。品のいいシンプルなドレスを着せて、髪も染めなおして、化粧をナチュラルにしたら、男も女もはっと息を呑《の》むほどいい女になっちゃうんじゃないかと思うのに、聞く耳を持ってくれない。わかってないなあ、花ちゃんは、これも作戦のうちなの、あたしみたいにスタイルも顔も抜群の女がセンスのいい服着たりしたら、それだけで男が寄ってこなくなるでしょう、これくらいでちょうどいいんだよ、これぐらい下品なのが。鼻の穴から煙草のけむりを吐き出しながら、傲岸不遜《ごうがんふそん》に言ってのけるだけで。

「そんなにやだったらやめちゃえばいいじゃん。なにもわざわざキャバクラで働かなくても、もっとヒロトたちといっしょにいられる仕事、いくらでもあるでしょ？」

「いやよいやよも好きのうちっていうでしょ？　あたし、べつにキャバクラがいやなわけじゃないよ。むしろ、キャバクラは好きなんだ。でもさ、どんな仕事してたって、いざ出勤を前にすると、行きたくねーなーって気持ちになるじゃん？　あたしなんて昔、お好み焼き屋でバイトしてたときからそうだったよ？　職かえるっつってもいまさらカタギの仕事なんてできないしさ。だいたい土日休みのとこなんていまどきなかなかないよ。パートでもバイトでも」

「事務の仕事とかは？　事務なら土日休みじゃない」

「向こうが取ってくれるわけないじゃん。それにあたしも、事務なんて無理だと思うし。水商売って、なんか体はってるってかんじがしてよくない？　母ちゃんがんばってるってかんじがして、燃えちゃうんだ、あたし」

「でもバツ2でシングルマザーで水商売なんて、いかにもすぎてださくない？」

「だーかーら、花ちゃんはわかってないっていうの。いかにもすぎるからこそ逆にイケてんじゃん。ダサかっこいいみたいな。ベタに生きられるもんならなるべくベタに生きておいたほうが大衆受けすんのよ。いつかこれをもとにした自伝を出すんだ。主演は土屋アンナで映画化しちゃったりして！」

「あ、じゃあ、私のことも忘れずに書いてね。私の役はそうだな、宮沢りえがいいな」

「うっわー、なんてずうずうしい！　だれが？　だれが宮沢りえ？」

「それはおたがいさまでしょ。だれが土屋アンナよ」

「うはは、それもそーだ。じゃあさ、じゃあさ、おにいちゃんの役はどうする？」

「そりゃもう、金城武《かねしろたけし》で決まりだね！」

「ぎゃー！　金城！　金城いいよねー、ほんと金城武はアジアの宝だよ、っておにいちゃんに金城武？　もったいなさすぎない？　どこまでずうずうしいこと言ってんだってかんじじゃない？」

私たちはきゃあきゃあ声をあげながら、ふってわいた夢物語に夢中になった。ハリウッドでリメイクされることになったら主演はキャメロン・ディアスで、じゃあハルオの役はジョニー・デップ？　ひどい、いくらなんでもむちゃ言いすぎ、だってジョニー・デップだよ？　ジョニー・デップは宇宙の宝だよ？　主題歌はあえての松田聖子とか、そこはあえてのブリトニーという手もあるよ、マンガ化するならやっぱり岩《いわ》館《だて》真理子？　いや原作者からいわせてもらえばちょっとイメージちがうな、安野《あんの》モヨコで決まりでしょ。

　うっとりしながら延々とばかみたいなことをしゃべっていたら、

「ぎゃっ、もうこんな時間？」

　時計を見あげて、なっちゃんが飛び上がった。

「だからやなんだよ、花ちゃんとしゃべってると時間忘れて盛り上がっちゃうから」

　半ベソをかいて部屋中に散らばっていた荷物をかきあつめると、花ちゃんのアホ！　うんこ！　と子どもみたいな罵声をあげながらなっちゃんはバタバタ部屋を飛び出していった。

　あらやだ、旦那《だんな》帰ってきちゃった。どうしよう、まだごはんできてないのに。これだからいやなのよ、花としゃべってると、時間経つの忘れちゃう。

　いつだったか、おねえちゃんも同じようなことを言ってたな、と思いながら、私はすっかり冷めてしまったコーヒーをすすった。すこし苦かった。

なっちゃんが出ていってから、かんたんに部屋を片付けて、ソファでごろごろしているうちにまた眠ってしまったらしい。真夜中に目が覚めてあたりを見まわしても、ハルオの気配がなかった。時計はもう四時をまわっている。

ハルオの帰りは毎晩、遅い。深夜の一時や二時をまわるのなんてしょっちゅうだ。でも、こんな遅くになることはめったにない。

かすかな不安をおぼえて、子機に手を伸ばす。もうすっかりおぼえてしまったハルオの携帯の番号を押す。

夢の中にいるみたいにうまく手が動いてくれなくて、何度か押しまちがえた。リセットして、くりかえす。

おかけになった番号は現在使われておりません、なんて冷たい機械の声がしたらどうしよう。ボタンを押しながら私は考える。今朝、いつもどおりの顔で出かけていったハルオにおかしなところなど見あたらなかった。でもそれは、私の目から見たハルオだ。もしかしたら私には届かないハルオの内部で、なにかがこっそり変化していたのかもしれない。もしくは、家を出てからのハルオに、なんらかの大きな変化が訪れたのかもしれない。携帯電話を解約し、貯金をおろして、どこか遠くへ遁走《とんそう》したのではないだろうか。暗い妄想がめぐる。

どきどきしながら私は受話器に耳を押しつけた。ぷつ、ぷつ、ぷつ、という音のあとに、呼び出し音が鳴る。私はほっと息をつく。息をつきながら、なぜかほんのすこしがっかりしている自分に気づく。

「どうしたの、まだ起きてたんだ?」

やわらかいハルオの声が聞こえた。すこし、泣きそうになった。

「びっくりした」

「びっくりって、なにが?」

「こんな時間なのにまだ帰ってないから、どっか行っちゃったのかと思った」

一瞬、ハルオが息を呑んだような気配があった。

「ばかだな、俺が花を置いてどっか行くわけないだろ。店長が転勤になったからお別れ会してたんだ。もう帰るから、寝て待ってな」

いつもどおりの声。なにごともなかったみたいに、しらばっくれた声。おままごとの声。

「うん」

受話器を片手に私はうなずいた。ハルオには見えないのに。おままごとみたいに。

「じゃあね、おやすみ」

「ちゅみ」

子機を置いて、私は再びソファに横たわった。毛布を頭からかぶって目を閉じてみるのだけど、眠れそうにない。

一日中、部屋の中にいるようになって、私はひどく敏感になった。出入りのはげしい生活をしていると気づかない、微妙な変化を感じるようになった。温度や湿度。すこしずつやわらかくなっていったり、かたくなっていったりする水道の水。朝昼夜、深夜、夜明け前、時間の持つにおいとふんいき。ほんのわずかな変化を肌で感じる。この部屋の中では、あまりになにも変化しないので、いやでも敏感になってしまうのだ。

だから私は、ハルオのわずかな変化を、見逃さない。めまぐるしく変化する外の世界にいるハルオが、私を置いてすこしずつ変わっていくのを、この一年のあいだ、私は見ていた。

だけど私がおそれているのは、そんなゆったりした速度でひずんでいくものじゃない。もっと激動の、嵐のような変革だ。防ぎたくても防ぎようのないその変化がいつハルオに訪れるのか、訪れないのか。息をひそめるようにおそれながら、私はどこかでそれがやってくるのを待っている。

眠れないと思ったのに、そのまますぐに私は眠りに落ちた。

2

遠くで電話が鳴っている。私はソファで、香港の五つ子ビルからダイビングする夢をみていた。まっさかさまに落ちていくとき、ひゅー、とか、ぎゃー、とか、おかーさーん、とか叫んでた。おかーさーん、と叫んだということは、そんなにせっぱ詰まってなかったんだろう。こういうときはとりあえず、おかーさーん、と叫んでおくべきだよな程度の、おかーさーん、だったのだろうから。少なくとも私はほんとにこわい目にあったとき、たぶん、おかーさーん、とは叫ばない。

地面に叩きつけられる、と目をつぶった瞬間に、電話の音で目が覚めた。電話に出たら、なんと、お母さんだった。

「死ぬ瞬間ってもしかしたらたまらなく気持ちいいのかもしれない。ついさっき、夢でみたばかりなんだけど、こわ気持ちいいっていうのかな」

半分寝ぼけたままでそんなことを言ったら、短い沈黙のあと、深いため息が聞こえてきた。

「また寝てたの？　あんたいったいいつまでそんな生活続けるつもりなのよ」

またはじまった。電話をかけてきて挨拶《あいさつ》もなにもなしにいきなりこれだ。私は深呼吸した。傷つけないように、傷つけられないように身構える。

「もういいかげんに帰ってきなさいよ、悪いこと言わないから。三十にもなってぶらぶらピザ屋でバイトしてるような男といつまでいっしょにいるつもりなの。結婚もしてもらえないのに」

身構えていたはずなのに、喉元《のどもと》にナイフを突きつけられたみたいに身動きできなくなる。

「べつに、私は結婚したいわけじゃないし、なんでそんなことお母さんに言われなくちゃいけないの」

ちがう。そうじゃなくて、もっとざくっと切れ味のある言葉を返したいのに、うまく言葉が出てこない。お母さんと話しているときはいつもそうだ。一方的に私が斬《き》りつけられるだけ。わかったようなことばっかり言って、あんたにハルオのなにがわかるの、私のなにがわかるっていうのよ、母親だからってなんでもわかってるみたいな顔しないで、お母さんはなんにも、なにひとつだってわかってていやしない。

「あのね、私だって好きこのんで言ってるわけじゃないの。親の責任ってものがあるでしょう？　いい年してふらふらしてる娘をほったらかしとくなんて、どこの親がそんなことするの。良識のある親として、あたりまえのことを言ってるだけでしょう」

お得意の芝居がかった調子で言う。親の責任って、良識のある親って。なんかドラマみたい。恥ずかしい。むきになっちゃってばかみたい。

「いきなりフルタイムの仕事は無理だろうけど、パートでも派遣のバイトでも、いくらでもあるでしょう。そろそろすこしは働いたらどうなの。あちらさんに寄ってかかってみっともないったら」

「だからそれは私とハルオの問題で、お母さんが口出しすることじゃないって言ってんじゃん。みっともないってなにが？　まさか世間様がどうとか言わないよね？　やめてよ、さむい。お母さんの言うこと、いちいち古くさくてさむいんだよ」

「……あんたとしゃべってると頭痛くなってくるわ。なんなのよ、さむいって。いい年して若者言葉使うほうが私に言わせりゃさむいわよ」

「若者言葉って、これぐらいみんな普通に使ってるし。っていうかいい年ってなによ、さっきから黙って聞いてればいい年していい年してって、お母さん知らないの？　このごろは三十歳でもまだまだ若者のうちにはいるんだよ。日本の成人は三十歳に引き上がったんだよ」

「バカ言ってんじゃありません。あんたって子はほんとに、口の減らない……」

「だいたいさあ、私から言わせれば、いい年こいてできちゃった婚したおねえちゃんのほうがよっぽど恥ずかしいよ。っていうかさむい」

「なに言ってるの。できちゃった結婚なんて、いまどきちっとも恥ずかしいことじゃないわよ。むしろトレンドじゃない」

「トレンドって……。だからそういうのがさむいって言ってんの。いちいちさむいんだよ、お母さんのセンス」

これまで何度となくくりかえされてきた不毛なやりとりにおたがいうんざりしているはずだった。それでも私たちは律儀に、ある程度の熱を持ってそれに応じた。そうすることが、ぎりぎりのところで繋《つな》がっている親子の絆《きずな》を守るのだと、私たちはばかみたいに信じていた。

「とにかくどうにかしなさいよ、いいかげんに。おねえちゃんを見てごらんなさい。子ども産んで、もう立派なお母さんよ。ほんと、昔っからおねえちゃんはよくできた子だったわよ。あんたとはちがって手がかからなくて」

「なんなのそれ。結婚して子ども産んだから立派なわけ？　ちがうでしょ。おねえちゃんは結婚する前から立派だったよ。ばかみたい。お母さんの言ってること、へん。ぜったいへん、ぜんぜんわかんない。まったくなじまない」

「またそうやって子どもみたいなこと言って……。あのねえ、あんたはわかってないみたいだから言うけど、女として生まれたんだったら結婚して子ども産んで平凡に暮らすのがいちばんいいのよ。いちばんしあわせなの。こんなこと言ったらあんたはまた古くさいとかさむいとか言うんでしょうけど、いまに見てなさい。あんただってわかる日がやってくるんだから。お母さんこんだけ長く生きてきて言ってることなんだから、まちがいないわよ」

ふん、と私は鼻で笑った。わかりたくもない、そんなもの。女のしあわせは結婚、女のしあわせは出産だなんて、いまだにそんなこと言ってる人がいるなんてびっくりだ。戦後か？　戦後の人なのか、この人。

べつに私はなにがなんでも結婚しないと言ってるわけじゃない。子どもを産まないと言ってるわけでもない。そうしたいと思ったらそうする。ぜんぶ自分で決めたいだけ。頭ごなしに押しつけられるのがいやなだけ。おねえちゃんみたいにはなりたくないだけ。そうすることによってなにかを捨てなきゃいけないのがこわいだけ。私にはまだ捨てたくないものがある。

「ほんとねえ、出産したばかりの女はいちばんきれいだっていうけど、こないだ正月戻ってきたとき、おねえちゃんほんとにきれいだったわよ。お母さん、思わずみとれちゃったわ。自分の娘なのにね、へんなのって思うかもしれないけどね」

へんだよ、とつっこむ気力もなく、私は受話器を持ってないほうの手で頭をぼりぼり掻《か》いた。かゆい。こないだハルオにむりやりお風呂に入れられてから、そういえばもう何日もお風呂に入ってない。

「化粧もしてないのにほっぺなんてピンク色で、つやつやしててね。ほんと、きれいだったわあ。お嫁にいったときよりももっときれいだった」

ここまでくるともう、へんを通り越してきもかった。自分の娘に対して、こうもきれいきれいと連発する母親がいるかよ。

なんだかおもしろくなかった。べつにいまさらおねえちゃんに嫉妬なんてしやしない。子どものころから比較されつづけてきたから、こんなのには慣れっこだ。私を捨てて、遠くの土地で子どもを産んだおねえちゃんがしあわせそうにしてるなんて、そんな話、聞きたくなかった。

「それにくらべて、あんたは三十年間ずっとブスだったわね。悪いけどお母さん、この三十年のあいだ、あんたをきれいだなんて思ったこと一度もないわよ。一度たりとも。そりゃ親だからね、それなりに子どものことはかわいいと思うわよ？　でもそれにしたってあんたはブスよ、ブス」

「さっきから三十年三十年って言ってるけど、私まだ二十九なんですけど」

「来月もう三十になるじゃない。年齢のことでうるさく言うようになったらあんたもババアの証拠よ」

受話器の向こうで、勝ち誇ったように胸をそらすお母さんが見えるようだった。うざい。っていうかめんどくさい。

堂々巡りだ。私とお母さんはいつもこう。平行線のまま、まじりあうことがない。どうして理解してくれようとしないんだろう。お母さんが完璧に理解してくれるなんて思ってない。理解できるわけがないとバカにしてるわけでもない。ほんのすこしでも歩み寄ろうと努力してくれない、そのことがいつもかなしかった。

「あんたも子ども産んだらわかるようになるわよ。たぶん、お母さんに感謝すると思う。働く気がないんだったらちょうどいいわ。さっさと結婚して子ども産みなさいよ。ぼさぼさしてたら産めない年になっちゃうわよ。もう若くないんだから。なにもあんたが憎くてこんなこと言ってるわけじゃないんだから。あんたのしあわせを思って言ってあげてるんだから」

「しつこいなあ。だからそれはただの押しつけでしょ？　お母さんがしあわせだと思ってることが私のしあわせとはべつにあるかもって、どうして思わないの？　想像力ないの？　バカなの？　私はお母さんの持ち物じゃないよ。お母さんの言いなりにはぜったいならないからね」

言葉が通じない。言葉の通じない相手は世界にいっぱいいるけれど、どうして自分に近い存在のはずの母親に言葉が通じないんだろう。もしかしたら、いちばん理解しあえない相手なのかもしれないとすら思う。ちがう言語で話してるみたいにもどかしい。傷つけないように、傷つけられないようになんて、そんなの無理だ。私たちはおたがいを傷つけるための言葉しか持ってない。

「まあいいわ。あんたには言うだけ無駄だってわかったから。そんなことやっててハルオくんに捨てられても知らないからね。あ、それから、たまにはうちにも顔出しなさいよ」

ねえ、お母さん知ってる？　白雪姫に毒りんごを食べさせた魔女は、ほんとは実の母親だったんだよ。

口まで出かかった言葉をこぼす前に、お母さんは電話を切った。私はそれにほっとした。神様どうもありがとう。

「ああ、かなしい」

ほんとにかなしくなって泣いてしまうんじゃないかと期待をこめてつぶやいたけど、涙はあふれてこなかった。

むなしい、のほうが、いまの気分にはぴったりだった。

「買い物でも行くか」

澱《よど》んだ気持ちをふりきるように、私は勢いよくクロゼットの扉を開けた。

ハートとか、お花とか、へんなアップリケがいたるところに縫いつけられたピンクハウスのばったもんのようなTシャツ（しかもピンク色）。アクリル混の毛玉だらけのカーディガン（もちろんピンク。しかも微妙なピンク）。ウエストがゴムの、いまどきこんな柄パジャマにもできないよ、と眉《まゆ》をひそめたくなるぐらい悲惨なチェックのギャザースカート（白地に赤とピンクの線の入ったひどい柄）。きわめつきは肉色タイツにオンしたチューリップのワンポイント付き三つ折りソックス。もう一年以上、カラーもカットもしていないぼさぼさの髪の毛は伸びきった輪ゴムでひとつにまとめた（うなじのぎりぎり際、これ以上低い位置では結べないという位置で）。

これが、私のとっておきの買い物用コーディネイト。どっからどう見てもおばさんにしか見えないおばさんコスプレで私はスーパーに向かう。

今日はちょっと遠出して、ベーカリーの入ってる大きなスーパーに行こうと、駐輪場から埃《ほこり》をかぶったママチャリを引っ張り出した。

一年前まで使っていたフランス製のおしゃれな自転車は、仕事をやめたのと同時にリサイクルショップに持って行って、このもっさりした紺色のママチャリと交換した。その足でホームセンターへ行き、自転車用のネームシールを買ってきて、住所と氏名を書き込んだ。完璧だと思った。

あれは一年ほど前、二十九歳の誕生日を迎えるすこし前のことだ。

仕事帰りにスーパーに立ち寄った私に、ちいさなホットプレートでウィンナーを焼いていたおばさんが、笑顔でタコさんウィンナーを差し出した。

「奥さん、奥さん、よかったらおひとつ、どうぞ試食してってください」

とくべつ気合の入ったおしゃれをしていたわけじゃない。かといって手を抜いていたわけでもなくて、ちゃんとお化粧もしていたし、ゆるいパーマをかけた髪はきれいにセットしてあった。通勤着だから多少は地味めだったかもしれないけれど、きちんとアイロンのかかった丸襟《まるえり》のブラウスに、シルク混のカーディガンとトレンチ、ひとめぼれして買った幾何学模様のふんわりスカート。バッグは kate spade だったし、靴は chausser だった。自分でもなかなかクラシカルでガーリーな装いだったと思う。アンナ・カリーナにでもなったつもりで、すました顔で歩くのがお似合いな。

永遠に女の子でいたい。そう願ってた。

永遠に女の子でいるもん。そう思ってた。

そばかすの散った頬に桜色のチーク、甘いレースのブラウス、ガラスでできたアクセサリー、耳たぶにちょっとだけつけたバニラエッセンス、深夜の長電話、マカロンつまみながらのパジャマパーティー、肩のあたりでふわふわ揺れる栗色の髪、ひなぎくの花冠。私の好きなものはぜんぶ、女の子のためのものだ。女の子じゃなきゃ似合わない、年をとったら手離さなきゃいけないものばかり。

なのにそれは、突然ふってかかった。

奥さん、と呼びかけられたとき、あのときの気持ちを、どう言葉にしていいかわからない。

スーパーの精肉売場で私はぞっとした。ほんとうに、体の奥底からぞっとして、そのままスーパーを飛び出した。立ち止まったらつかまると思った。

いったいなにに？　――なにかに。

スーパーから家まで、どのようにして戻ったのかよくおぼえていない。逃げろ逃げろ逃げろ。とにかくそう思って、逃げた。ひたすら逃げた。

アパートまで戻ると、部屋の前になっちゃんと子どもたちがうずくまっていた。二番目の旦那と離婚する前で、ケンカして家を飛び出してきたらしかった。

そういうときは、普通実家に戻るものなんじゃないだろうか。なんでわざわざ兄貴の、それも恋人と同棲してるとこに駆け込むんだろう。なめられてるんだろうか。

「どうしたのっ？」

私の顔を見るなり飛び上がったなっちゃんがいまにも泣きそうな顔をしていたから、それで帳消しになった。これだからかなわない。なっちゃんにだったら、なめられていいようがなんだろうがなんでもいいや、と思ってしまった。

母子を部屋に招き入れて、息子たちにつぶして食べるとおいしいパンのつぶしかたを教えてあげながら、なっちゃんにスーパーであったことを話した。どっからどう見ても立派なパートのおばさんに、あろうことか「奥さん」と呼ばれてしまったこと。そのことが、ものすごくいやでいやでたまらなくて、走って逃げてきたこと。こわかったこと。気持ち悪かったこと。たったそれだけのことで、自分がなにかべつの生き物になってしまったんじゃないかと錯覚したこと。

「なんとなくわかるけど、まあほんと、なんとなくしかわかんないんだけど」

なっちゃんはあきれたようにため息をついて、「でもさ、花ちゃんぐらいの年齢の人がスーパーにいたら、だれだって奥さんって呼ぶと思うよ。しょうがないって、それは」とおそろしく残酷なことを言った。

私はつぶして食べるとおいしいパンをぐにゅっと握りつぶした。ヒロトとハルユキもまねして握りつぶした。

それからしばらくのあいだ、私はおそろしくてスーパーに近寄ることができなかった。夕飯は主にコンビニ弁当かハルオのバイト先の宅配ピザで、そのあいだ私は二キロ太り、肌も大荒れに荒れた。

ちょうどそのころ、アフターファイブに女子高生のコスプレで渋谷を練り歩いているというOLの姿をテレビで見て、これだ、とひらめいた。

おばさんのコスプレをすれば奥さんと呼ばれたって平気なんじゃないかと安易に考えたのだ。早速、私はハルオにつきあってもらって量販店に行き、おばさんグッズを買いそろえた。嬉々としておばさんグッズを物色する私に、いいね、新しい趣味が見つかって、とハルオはいやみを言った。おそらくハルオはまだ、気づいていなかった。私がものすごくせっぱ詰まっていたことに。最近はおばさん用の服も半端におしゃれになっちゃって、これぞというのが見つかんない、ねえハルオも協力してよ、これぞというものすんごくださいやつをこの山の中から見つけ出してよ、うんと迫力のあるやつを、凄味《すごみ》すら感じさせるやつをさ。べらべらとまくしたてる私に、しょうがねえなあ、と肩をすくめ、激安ワゴンセールの山に取りかかった。これならどうだとハルオが見立ててくれたおばさんズロースとシュミーズのすさまじさを、私はいたく気に入り、必要もないのに勢いに乗って買ってしまった。

そのときいっしょに買った五百円の健康サンダルでペダルを漕《こ》ぎ、私はまだつめたい二月の空気を切り開いて前へ、前へと進んでいく。冬の弱い日差しが、私の頬をさす。日焼け止めは塗ってないから、冬の日差しでもじゅうぶんだ。紫外線さん、もっと降り注いでどうぞ私の肌にたくさんしみをこさえてくださいな。浅黒くくすんだ、しわくちゃのめちゃくちゃの、ピンクのチークを塗ったところでどうしようもなくなるような老婆の顔にしてください。空に顔を向けて、太陽に祈りを捧げながら私はペダルを漕ぎつづけた。

スーパーの駐輪場に自転車を停めて、まずベーカリーに入った。やわらかくて丸いフランスパンとナッツとレーズンのぎっしり入ったパンを買い、今度はスーパーのパン売場でつぶして食べるとおいしいパンをかごに入れて、牛乳、ヨーグルト、ベーコン、野菜ジュースなど冷蔵庫に常備しているものをどんどんかごに放り込んでいく。

ばんごはん、どうしようかな。

今日はハルオが早番なので、ちゃんとごはんを作らなきゃいけないのだ。私ひとりのときだったら、インスタント麺《めん》ですませてしまうとこだけど、ハルオがいるときはそうもいかない。たとえインスタント麺やインスタントカレーを出したところで、ハルオはいやな顔もせずにそれを食べるだろう。わかってるのだけど、わかってるからこそ、できない。なんとなく罪悪感を感じてしまう。

ばんごはん。

ああ、ばんごはん。

なにも浮かばない。スーパーは夕飯の買い物客でにぎわっている。その流れを邪魔しないよう、すみっこのほうで私は立ち尽くした。

野菜、野菜が足りてないから野菜をとらなくちゃ。汁物はどうしよう。そういえばもういつ買ったのかもわからない味噌《みそ》が冷蔵庫の中でかぴかぴになっていたな。冷凍ごはんのストックはもうないはずだから、帰ったらお米を洗って炊かなくちゃいけない。ああ、めんどくさい。買い物かごの取っ手を握りしめ、ぐるぐる、ぐるぐるしてしまう。いつまでも献立が浮かばない。

この世からばんごはんなんてなくなっちゃえばいいのに。こんなとき、いつもそう思う。毎日きちんと献立をたててごはんを作ってる主婦はほんとにえらいと思う。買い物かごを提げたまま、私はふらふらとお菓子売場に逃げ込んだ。こんなときはおやつを選ぶにかぎる。ばんごはんは私の敵、おやつだけが私の味方だ。

チロルチョコやラムネや棒付キャンディや、百円以内のがちゃがちゃしたお菓子コーナーにいた女の子が、はっとこちらをふりかえった。大きな目をした、きれいな女の子だった。ずいぶんおとなびて見えるけど、ランドセルを背負ってるということはまだ小学生か。

ついできごころで、私は彼女ににっこり笑いかけてしまった。別段かわいく育ったわけではないけれど、私にも覚えがある。ちいさなころ、こんなふうに近所のおばさんや道ゆく大人に笑いかけられた記憶が。そのとき私はどうしたんだっけ。はにかみながら、ちいさく笑い返したんじゃなかったっけ。

しかし、その女の子は、「なんだよ、子どもに媚《こ》びてんじゃねーよ」とでも言わんばかりのつめたい目で私を一瞥《いちべつ》し、ふいと顔をそらしてしまった。これだから平成っ子は。かわいげがない。

しかたなく私は、箱入りビスケットやチョコレイト菓子の棚を物色しはじめた。マクビティのチョコビスケットはまだ家に残ってたはず。ルマンドはこのあいだ食べたばっかりだし、チョコパイにもいいかげん飽きてきた。あんまり変わりばえしないなあ、なんか新発売のお菓子出てないのかなあ。

すぐうしろで、ちいさな悲鳴が聞こえた。

お菓子選びに没頭していたせいで、反応が遅れてしまった。ふりかえると、さっきの女の子がスーパーの制服を着た男に腕をひっつかまれているところだった。

「お嬢ちゃん、ちょっとポケットに入れたものを見せてくれる？」

「離してよ、痛い！　スケベ！　ロリコン！」

「言うこときかないと、警察呼ぶよ」

どうやら万引きしていたところを現行犯逮捕されてしまったらしい。店員の腕をふりはらおうとして暴れていた女の子は、警察という言葉にびびったのか、すぐにおとなしくなってスカートのポケットからチュッパチャプスを三本取り出した。

「やだ、なんですか、この子がなにかしました？」

気づいたら、勝手に体が動いていた。びっくりしたような顔で、女の子と店員が私を見る。私はかまわず、女の子と店員のあいだに割り込むようにして、

「この子の母親ですけど、なんですか？　なんなんですか、いったい」

「いや、そのう、それがですね……」

店員は困惑したように目を泳がせて、私と、私の背後から顔をのぞかせている女の子とを交互に見た。

まずい。私はまだ二十九歳だ。いくらなんでもこんなおっきな子がいるようには見えないかもしれない。腋《わき》の下をつめたい汗がつたう。

私はすっかり忘れていたのだ。すっぴんで、髪もボサボサで、どっからどう見ても三十代後半、へたしたら四十代にも見えかねないようなおばさんコスプレをしていたことを。

「たったいま、この子がキャンディをポケットに入れていたものですから。ちょっと注意をさせていただいていたんですが……」

「まさか万引きだと疑ったんですか⁉」

私は大げさに目を剝いてみせた。こんなときは話の通じない人間に徹するのがいちばんだ。とっさに、ついさっきまで電話で話していた相手の顔が浮かんだ。いいお手本が身内にいた。

「ひどい。まさか、うちの子に限ってそんなことするはずないでしょう。言いがかりです。これはゲームです、ゲームなんです。私たちのあいだでいま流行《はや》ってるんです。ポケットのキャンディは何味かなゲームっていうのが。いっしょにお買い物にくるときはいっつもそれで遊んでるんです！」

なんなんだよその「ポケットのキャンディは何味かなゲーム」って……無理ありすぎだろ。と心の中で自分自身につっこみを入れながら、私はヒステリックにわめきちらした。モンスターペアレントってこんなかんじなんだろうか。

「この子、昔っからキャンディに目がなくて。でもキャンディばっかりなめてたら虫歯になっちゃうでしょう？　それで私が考案したのがこのゲームなんです。苦肉の策ってやつです。この子がポケットに入れたキャンディを私があてる。マンダリンオレンジ、ストロベリークリーム、すいか、ラムネ、チョコバニラ。私があてた分だけ、キャンディは箱に戻さなくちゃいけない。そういうルールなんです。親が言うのもなんですけど、この子かわいいでしょう？　将来、芸能界デビューさせようと思ってるんです。虫歯なんてとんでもない。芸能人は歯が命っていうじゃないですか」

すごい。言葉が勝手に口から飛び出してくる。すごい。こんな調子でばんごはんの献立もぱぱっと決められちゃえればいいのに。

「しかし、そのようなまぎらわしいことを売場でされると、こちらとしても……」

「そうですよね。ごめんなさいね。まぎらわしいことしてすいませんね。ご迷惑おかけしました。でも大丈夫。ご安心くださいな。こんな了見の狭いお店にはもう二度ときませんから。さあ、行くわよ。むなくそわるいったらないわ」

私は手に持っていた買い物かごを店員に押しつけ、私たちのやりとりを茫然《ぼうぜん》として聞いていた女の子の手を引っぱって店を出た。もう二度とこのスーパーにはこれないな、とほんのすこし後悔しながら。

「ばっかみたい。なにがポケットのキャンディは何味かなゲームよ。あたしがそんなゲームに騙《だま》されるような子どもに見える?」

スーパーを出てすぐ、私の手をふりはらうと、女の子は非難するように私をにらみつけた。

「かわいくないなあ。助けてやったのに、お礼のひとつも言えないの? 親の顔が見てみたいわ」

「助けてくれなんて頼んでないし。あー、もうすっごい恥ずかしかった。親の顔、見せられるもんなら見せてやりたいよ。あたしのママはおばさんみたいにださくないし、もっと若くてきれいだもん。おばさんみたいな人と一瞬でも母子だと思われるなんて、ゾゾ気がしちゃう」

おばさん。

びっくりした。

ウィンナー売りのおばさんに「奥さん」と呼ばれたのはものすごくショックだったのに、小学生から「おばさん」と呼ばれるのは、ぜんぜんいやじゃなかった。むしろ笑える。そのことに驚いた。

「なににやにや笑ってんの、気持ち悪い」

おぞましいものでも見るような目を向けられて、私はさらに、にへら、と顔を崩した。

「えへへ。いやあ、私まだ二十代なんだけど、おばさんに見えるもんなんだなって」

「どっからどう見てもおばさんだし。っていうか二十代なんて立派なおばさんじゃん。なに言ってんの」

「そりゃそうだ。あんたから見たら、そりゃそうだよね。二十代なんておばさんだよね。私もあんたぐらいの年のころはそう思ってたわ」

会計を済ませてあったベーカリーのパンだけ自転車のかごに突っ込んで、私は駐輪場から自転車を引き出した。黙ってそれを見ていた女の子は、

「おばさん、花って名前なんだ？」

前輪の泥よけのところに貼ってあるネームシールを見て、たずねた。

「いいなあ、私も花って名前がよかったなあ」

「そうかあ？」自転車にまたがって、私はうんと顔をしかめてみせる。「花なんて一瞬だけ、つぼみから花がひらくときだけ重宝されて、枯れたらぽいじゃん。私はやだな、こんな名前。それに、ほんとは女の子に植物の名前つけちゃだめなんだってよ。早死にするんだって」

ほんとに迷惑な名前をつけてくれたもんだと思う。でもまあ、おばあちゃんになったらこの名前もいいかも。〝花おばあちゃん〟って、なんかかわいい。

「とにかく、もうこんなことすんじゃないよ。するときは、あれだ、もっと気をつけてしなきゃだめだよ」

それだけ言ってペダルを漕ぎ出そうとしたら、

「あ、待って」

女の子が呼びとめた。ポケットの中を探って、リッチミルク味のチュッパチャプスを差し出す。

「これあげる」

「……あんた、これいつのまにパクってきたの」

「おばさんのかげに隠れてるあいだにちょちょっとね。ちょろいもんだよ」

「やるじゃん」

キャンディを受け取って、私はにやりと笑った。

女の子と別れてから近所のスーパーで夕飯の材料を買い込み、石油ストーブの上に据えた雪平鍋《ゆきひらなべ》の中で豚バラのブロック肉と大根と卵がいいかんじに煮えたころ、私はなぜかうどんを打っていた。リビングテーブル兼食卓にしているローテーブルの上で。大根の葉っぱは厚揚げといっしょに鷹《たか》の爪《つめ》を入れてピリ辛の炒め煮にしたし、かぴかぴのお味噌で味噌汁も作った。ごはんも四合洗って、スイッチを入れるばかりになっている。あとはハルオが帰ってくるのを待つだけでいいはずなのに、なぜか、なんなのか、私はうどんを打っていた。

ときどきむしょうに粉ものをこねたくなる。いっちょこねるか、とふと思い立って、ピザやパンや餃子《ぎょうざ》の皮、これまでいろいろこねてきた。そういう時期のことを、うちでは〝粉期〟と呼んでいる。ハルオが名付けた。

「なにやってんの」

玄関と部屋を仕切るドアを開け、ハルオが顔をのぞかせた。どうやら時間も忘れてうどん打ちに専念していたらしい。

「わっ、ハルオもう帰ってきたんだ。やばい。まだごはんのスイッチ入れてない」

「あっ、動くな。あちこち粉まみれになるだろ。俺がやる。俺がスイッチ入れるから」

「ごみーん」

ハルオの背中におざなりに声をかけて、テーブルにラップを張り、打ち粉を軽くふって、丸くしたうどんの生地をのっける。テーブルの上にどん、と置かれたうどんの生地は、なんだかシュールだった。

「いったいなんだよ、その物体は」

洗面所で手を洗って、ハルオが戻ってきた。

「うどん」

「うどん?」

「そう、うどん」

上着を脱ぎ、バイクのヘルメットを所定の位置に置いて、私のすぐ隣にあぐらをかく。ハルオのまとう空気が、いつもとはほんのりちがう。深夜に帰宅するときは海の底のような静かなふんいきなのだけど、今日はまだ夜が早いからか、ちょっとしゃらくさいかんじ。青いね、青いね、とひやかしたくなるかんじ。そこに、ほんのすこしだけひやっと胸を刺すようなつめたさがあって、それに私はどきりとする。なにかあったの？　訊こうとして、でも訊けなかった。

「また粉期きてんの？」

「きてるねえ」

「それにしたって、うどんはねえだろ。もっとこう、あるじゃん。パスタとか、女の子らしいのが」

「だってうどん食べたかったんだもん」

話しながらめん棒で生地をのばしていく。やわらかくて、気持ちいい。

ハルオはいつもそうするようにテレビをつけて、ぴっぴっぴとチャンネルを変える。とくに見たいものがなかったのか、どうでもよさそうなバラエティ番組にしてリモコンを置いた。

「今日さ、店が暇だったから、夕方そこらへんにビラまきに行ってたんだ」

セブンスターに火をつけて、ハルオがぼんやり語り出す。テレビからはひっきりなしに笑い声。

「マンションにビラまきするときって、いっつもエレベーターでいちばん上まで行って、そっから順に階段で降りてくんだけど。その途中で、中学生ぐらいの男の子と女の子が、やってたんだ」

うどんに集中していた私は、うすい膜の向こうにその声を聞いていた。粉ものをこねてるときはいつもそうだ。現実が遠のく。なにも考えなくてよくなるから楽でいい。黙々と生地をのばし、三つ折にして慎重に包丁を入れる。

「俺びっくりして、もちろんむこうもびっくりしてたんだけど、女の子なんか泣きそうな顔になってて。ごめんねって言ってあわてて逃げてきたんだけど」

そこで私はうどんから顔をあげた。眉毛をハの字にして、ハルオこそ泣いちゃいそうな顔をしていた。

「ショックだった」

私はどうしていいかわからず、手を伸ばしてハルオの頭を撫でた。ぽんぽんと、よしよしと、何度も撫でて、叩いた。

「顔なんてまだめちゃくちゃおぼこいのにさ。あんなおぼこいのに、あんなとこで、そこまでしてしなくたっていいのに」

私はしつこくハルオを撫でる。頬を撫でる。じょりじょりした顎《あご》を撫でる。しゃぼんの中にいる私には、ハルオの痛みがわからないから。この膜はとても頑丈で、私を傷つけるような危険なものはいっさい排除する。わかってあげられなくてごめんね。そう思って、私はハルオを撫でる。

「……なんかざらざらする」

粉まみれになってしまった頬を手でさすって、ハルオが不快を訴えた。いまやハルオは、ちょっとしたロマンスグレーだ。髪も顔も小麦粉の白に染まっている。私は声を出さずに笑って、手近に転がっていた手鏡をハルオに渡してやった。

「あのねえ、花ちゃん」

またお父さんキャラになってる。こういうときにハルオが使う、花ちゃん、が私は好きで好きでたまらない。いまから叱られるとわかってるのに、にやけ顔になってしまう。

「そんな手でべたべた触ったら、こういうことになるって、なんでわかんないの。普通わかるよね？　ちょっと考えたらそれぐらいわかるよね？」

「だってハルオ、かわいそうだったんだもん」

「俺から言わせれば、粉まみれにされるほうがかわいそうだよ」

「お風呂入ってこなきゃごはんあげないよ。やーい、ざまあみろ」

「それでいつもの仕返しのつもり？　僕は花ちゃんとはちがってお風呂大好きですから。ぜんぜん平気ですけど？」

「お風呂わかしてないけど大丈夫？　今日、寒いよ。雪降るかもっていってたよ」

大丈夫、男の子だもん、となぜか急にごきげんになって、ハルオはシャワーを浴びにバスルームに行ってしまった。

切り終わったうどんの生地をラップでくるんで、なんとなく私はテーブルのセブンスターに手を伸ばした。うまく火がつかないので、何度もライターの火をあててみる。口にくわえて軽く吸いながらもう一度やってみたら、やっと火がついた――と同時に、すんとけむりが肺に入り込んできてむせてしまった。からいような苦いような毒ガスのようなピーマンのような味がした。こんなまずいものを、なんでハルオやなっちゃんはあんなおいしそうに吸ってるんだろう。ありえない。

親に隠れてこそこそ煙草を吸ってる中学生みたいだな、と自分で自分にあきれて、私はくすくす笑った。かっこわるい。ワルに憧れて、ワルはやっぱり煙草でしょとかいってお父さんの煙草を拝借して、そんでげほげほむせてる。中坊かっこわるすぎ。目のはしにたまった涙を指で拭うと、涙と小麦粉のまざったぬるっとした感触がして、気持ち悪かった。

ニコチンで頭がくらくらしてきて、私は煙草を灰皿に押しつけてごろんと横になった。指先までぴりぴりしてくる。カーテンを閉めてない窓から、つめたく冷えた月がさかさに見えた。

こんな寒空の下、どこかのマンションの階段で、いったいどんな気持ちで幼いふたりは抱きあっていたのだろう。

せっぱ詰まったすりきれるような切実さで相手を求めることなんて、私にはもうできない。うらやましいようなうらやましくないような、妬《ねた》ましいような妬ましくないような、へんな気分だった。

中学生ってださい。中学生っていいな。どっちにも落ち着けず、そのあいだをふらふら彷徨《さまよ》ってるあいだに、とろりとした眠気が襲ってくる。抗《あらが》うように私は泣いてみようとする。

感情と涙腺をつなぐ線が二ミリほどしかなかった中学生のころ。泣こう、と思ったらいつでもかんたんに泣けた。沈んでいく夕陽にせつなさをおぼえて、わざわざ見晴らしのいい高台の公園までいって、風に吹かれながら夕陽に向かってわんわん泣いた。そんな感受性の強い自分にうっとり酔いしれながら。住宅街に漂うカレーやおしょうゆのにおい。真冬の夜にどぶんとつかったお風呂の甘い蒸気。いつまでもぐずぐず眠れずにベッドで寝返りをうっていた夜明け前、新聞配達のバイクが近づいてくる音。そんな瞬間、瞬間に、いっちょこねますか、と同じノリで、いっちょ泣きますか、と私は泣いた。

いまではもう、泣きたいようなかんじになっても思うように涙が出てこない。ただただ、ぽっかりとかなしい。それはちょっと、むなしい、に似てる。

感情から涙腺までの道のりは、アメリカを横断するハイウェイよりもさらに遠く果てしない。荒野の真ん中で私は途方に暮れる。そして、そういうときは寝てしまうのにかぎる、と荒野の真ん中にお布団敷いてもぐりこむのだ。

安心毛布にくるまれて眠ってしまえば、だれも、なにも、私をおびやかすことはない。目が覚めれば明日がきてる。もし明日がきて、なにかおそろしいことが起こったら、また布団にもぐりこんでしまえばいい。なにも考えなくていいように。傷つかずにすむように。

私はゆっくりと眠りに吸い込まれていった。排水口に吸い込まれていくピンクの水のように。

「あっ、また寝てる。だめだよ、花。起きろー、寝るなー、寝るんじゃない、雪が降ってきたぞう、ここで寝たら死んでしまうぞう」

幾重にもはった膜の向こうからハルオの声が聞こえてくる。ハルオの体からほかほかのぼる湯気が、彼の居場所を知らせている。

「ごはん炊けたみたいだよ。ほら、起きて、いっしょにごはん食べよう。うどん食べるんだったらお湯わかそうか?」

おなかが空いた。ごはんを食べよう。泣けないかわりに、眠らないかわりに、釜揚《かまあ》げうどんをすすってこのブラックホールに吸い込んでしまおう。

＊

次の日、ハルオは休みで、一日中家にいた。

ハルオがいるときはなかなかお昼寝させてもらえないので、しかたなく私は一週間ぶりに洗濯をして、あちこち部屋の掃除をした。いやいややったせいで、ぜんぶいいかげんな仕上がりになった。音楽をかけながら、ハルオもＣＤやレコードの整理をしたり、埃をかぶったギターを拭いたりしていた。

「よっ、ご両人。めでたいねっ」

ちょっと休憩しようとコーヒーをいれてるときに、おさかなぶらさげたどら娘がやってきた。どら娘――なっちゃんは、ほんとにおめでたい様子で、ひとり脳みそ春らんまん状態だった。

「花とハルオってねえ、ずいぶんめでたい名前のカップルだよね。よっ、よよよよっ、ご両人!」

部屋に入ってくるなりいきなりこのテンションなので、まいってしまった。ついていけない。

「なにをいまさら」

と私もハルオもつめたくあしらっていたのだけれど、

「これを見ろ！」

となっちゃんが叫んで、ポリ袋から尾頭付きの立派な鯛《たい》を取り出すもんだから、あっ！　と声をあげてしまった。

「おさかな！」

興奮する私の鼻先になっちゃんは鯛をつきつけた。尻尾をつかんで、ぶらぶら揺らす。

「おめで鯛だよ、おめで鯛！」

「おまえ、また店から盗んできただろ」

ソファに座ってギターを弾いていたハルオがいやそうな顔でなっちゃんを見た。

「失礼な。ちゃんとレジにお金いれてきといたわよ。家族割適用しといたけど」

「勝手に適用するなよ。聞いたことねえぞ、うちにそんな制度あったなんて」

なっちゃんといるときのハルオは、私とふたりのときとはちがう。なにがちがうんだろう。おにいちゃんぶってるのか。

いいなあ、なっちゃんは。ずるいなあ、なっちゃんは。

なっちゃんのことは大好きだ。誓ってそれに嘘はない。でも、こうして三人でいるとき、私はなっちゃんに嫉妬せずにはいられない。

こんなふうにハルオも、私とおねえちゃんの関係に嫉妬したことがあるんだろうか。ふとそんなことを思って、なっちゃんにぶちぶちお説教しているハルオの横顔をちらりと見る。おまえというやつは、いくつになっても親に迷惑かけやがって、なに考えて生きてんだ、もっとちゃんとしろ。必死な顔でおにいちゃんぶってるハルオに対し、なっちゃんはふてぶてしいことこの上なく、えー、あたしにちゃんとしろって言うんだったらおにいちゃんだってちゃんとすればー？　いつまでもバイトなんてしてないでさー、偉そうに説教しないでよねー、などと口ごたえしている。なっちゃんの圧勝だ。

私とおねえちゃんの場合はちがう。いつでもおねえちゃんの圧勝だった。きれいでスタイルもよくてその上成績までよくて、男の子にもモテて、私のようなめんどくさがり屋でもなく、なんでもきっちりちゃんとこなして、そんなおねえちゃんに私は頭があがらなかった。コンプレックスを感じるのすらバカらしくなってくるほど、おねえちゃんは完璧だった。

ここにおねえちゃんがいてくれたらいいのに。この部屋で、四人でコーヒーを飲んで、夜が更けるまでぎゃあぎゃあ騒いで、そしたら私もなっちゃんに余計な感情を抱かなくてもすむのに。そうやって、一生すごしていられたらよかったのに。

みっつ上のおねえちゃんが結婚したのは、一年半前の秋だ。すでに大きくふくらんだおなかをゆったりしたウエディングドレスでくるみ、北海道にお嫁にいってしまった。式のあいだじゅう――というか、おねえちゃんから「結婚する」と聞かされた瞬間からずっと私はふてくされていた。

ちっちゃなころからそうだ。おねえちゃんの友だちが家に遊びにくるたび、おねえちゃんから知らないだれかの話を聞かされるたび、私はおもしろくない気持ちになった。おねえちゃんは私のおねえちゃんなのに、ほかのひとと仲良くなんてしないで、私だけのおねえちゃんでいて。そんな子どもっぽい独占欲から。

新郎の和紀《かずのり》さんとも、その親族ともろくに口をきかずにいた私を、あとでお母さんは目くじら立てて叱ったけれど、おねえちゃんはなにも言わなかった。なにも言わないまま、北海道へ行ってしまった。そしてそこで、子どもを産んだ。

子どもに咲《さく》って名前をつけたの、花が咲くの咲。

一年前に報告の電話をもらったきり、おねえちゃんとはずっと話していない。意固地になって電話もメールも無視しつづけている。

女友だちよりも恋人よりも夫よりも、両親よりも、私はおねえちゃんにいちばん近しい存在であると思っていた。でも、もうだめだった。おねえちゃんには私より大切なものができてしまった。

おねえちゃんはいま、この部屋とはちがうべつの屋根の下、べつのひとたちと笑っている。

「それにしてもなっちゃん、なにがそんなにおめでたいの。なんでまたおめで鯛を持ってきてくれたのよ」

沈んできた気持ちを持ちあげるように、私は大げさなぐらい明るい声でたずねた。

「なによう、そんなに知りたい？　ぐひひひひひ」

あのいつもクールななっちゃんはどこへ行ってしまったんだろう。脂下《やにさ》がった顔で、妖怪のような笑い声をあげる。

「俺なんとなく予想ついた。花、聞かないほうがいい。めんどくさいことになるから」

げっそりした顔でハルオが言う。またそうやって第六感でつながるきょうだいアピールかよ、と内心おもしろくない気持ちになりながら、私はとぼけたふりしてなおも訊く。

「えー、なになになに？　気になるじゃん。教えてよう」

「どーしよっかなあ。知りたい？　知りたい？　ぎひひひひ」

「もう、もったいぶらないで教えてよう。なあに？　なにがあったの？」

「そんなに興味しんしんの顔されると逆に言いづらくなるっていうかあ。ほんとたいしたことじゃないんだけどお」

「もぉ、なにようなにようなんなのよう、こいつめ、つっついてやる。えいっ、えいっ」

「きゃっ。やめて、やめてやめて、花ちゃんやめてってば。くすぐったい、やめてよう」

「おまえらいいかげんにしろよ。ここは女子高か？　女子高に俺は迷い込んだのか？」

女の子特有のきゃぴっとしたテンションで私となっちゃんがひとしきり騒ぎ、ハルオがそれにつっこみを入れる。私たちのいつものパターンだ。落ち着くところに落ち着いて、なっちゃんがようやく「おめでたいこと」について教えてくれた。

なっちゃんは恋をしているのだそうだ。恋多き女なっちゃんは、離婚してまもないのにもう次のお相手を見つけてしまったらしい。相手は三十歳のサラリーマンで、もともとはお店のお客さんだということだった。これまでの旦那とはちがってヤンキー臭がまったくしない、まっとうで、堅実な大人の男。

「なんてことない面白みのない人なんだけどさあ。あたしからしたら最高にいい男なんだな、これが」

「三十にもなってキャバクラ行くようなやつがいい男なわけねーだろ」

なっちゃんからおめで鯛を引き受けながら、ハルオが言った。

「これだからサラリーマンやったことない人は困るよ。接待やつきあいで、しかたなくって場合があること知らないんでしょ。もうね、ちょーかわいいんだよ。僕こういうとこ慣れてなくって……とか言ってもじもじしてんの」

「男のくせにブリッコしやがって。きもちわる」

「なんなの、おにいちゃん、さっきから妙につっかかるけど。もしかして妬《や》いてんの？」

「妬くか。そんなどうでもいいことで。花、どうする、この鯛。刺身にする？　煮ても焼いてもいけると思うけど」

「おさしみ！」

さすが魚屋の息子だ。私のその一言に、りょーかい、と軽く答えて、ハルオはそのまま鯛をしょいこみそうな勢いで台所へ向かっていった。なんていさましいんだろう、海の男みたい、と思わず私は惚れなおしそうになる。

「それでね、おかしらはお味噌汁にしてね、あと鯛めしも食べたいな」

「承知」

「ちょっとぉ、なに勝手にばんごはんの算段してんのよ。ひとが持ってきてやったおめで鯛をあたしの了解も得ず」

恋人の話を軽く流されてしまったからなのか、不機嫌な声でなっちゃんが言う。どうやらまだまだ語り足りないらしい。めんどくさいことになるとハルオが言っていたのはこういうことか。ハルオにしてはめずらしく、みずからばんごはんの支度に取りかかったのは、つまり逃げたということなのか。

「それでそれで、どんな人なの？　もうキスはしたの？」

私はしかたなく、めんどくさいひとを引き受けることにした。ごはんの支度をするぐらいならこっちのほうがまだマシだったから。

「おっ？　いきなりそんなこと訊いちゃうの？　やっだー、花ちゃん、女子高生みたーい！」

なっちゃんは勢い込んで、彼とのなれそめやらなんやらを語ってきかせてくれた。マメなひとで、おはようとおやすみのメールを毎日欠かさずしてくれること。休みの日は、ヒロトやハルユキを連れて河川敷の公園に行ってキャッチボールなんかをしてくれること。手もつないだしキスもしたけど、なんとまだエッチはしていないということ（！）。

自分から訊いておいて、思わず耳をふさぎたくなってしまった。なんだかなまなましかった。それも家族同然のなっちゃんの話ともなればなおのこと。「おまえ、よく兄貴の前でそんな話できるな。信じられねえ」と台所からハルオが声をかけてきたけれど、「おにいちゃんに話してるわけじゃないもん、花ちゃんに話してるんです」となっちゃんに一蹴されていた。

どれだけ聞いたところで、なっちゃんの恋人の具体的なイメージはわいてこなかった。どうでもいいと思って聞いているからだろう。趣味はフットサルで、着ているスーツはブランドものではなく量販店で買ったような安物で、普段着にもこだわりはなくてユニクロとかＧＡＰばかり。散髪は自分でやる。好きな野球チームは中日ドラゴンズ。好きなサッカーチームは横浜Ｆ・マリノス。

「ふうん、そっか、よかったねえ。いいひと見つかって」

ぜんぜんそんなこと思ってなかったけど、そう言った。

わかりやすいことに、なっちゃんは彼氏ができたとたん、うちに寄り付かなくなる。全神経を彼氏に向けてしまってほかに目がいかなくなるのだ。さすが恋に生きる女。めんどくさいなあ。なっちゃんに対してではなく自分自身に対してそう思う。ハルオをめぐってなっちゃんに嫉妬をおぼえるくせに、今度はなっちゃんをめぐってなっちゃんの恋人に嫉妬をおぼえるなんて、なんてめんどくさい人間なんだろう。

さんざん語りつくしてようやく満足したのか、なっちゃんはごそごそバッグを探って化粧をはじめた。戦闘準備開始。私もそれにならって、バッグからホットカーラーとアイロンを取り出す。

「今日は空気がしめってるからホットカーラーで強めに巻いておこうね」

「なんでそんなことわかるの？　いつもと変わんないかんじするけど。温度とか湿度とかそういうの？」

驚いたようになっちゃんがふりかえる。ファンデーションで顔の右半分だけのっぺり白くなっている。

「そう、温度とか湿度とか。たぶんもうすぐ雨が降るんじゃないかな。さっきから雨のふんいきがずっとしてる」

「へえ、不思議。ずっと部屋ん中にいるのによくそんなことがわかるね」

「ずっと部屋の中にいるからわかるんだよ」

低い音で流れていたレコードがそこで止まった。いまの気分にはちょっとそぐわないような、情熱的なトランペットの演奏がさっきからずっと続いていたので、なんとなく私はほっとする。そこへ、着古したトレーナーの袖をまくったハルオがやってきて、レコードを取り替えようとした。渋めのジャケットのレコードを棚から取り出して、なにやら吟味している。

「音楽いらないな」なっちゃんが言った。

「私もそう思ってたの」私も言った。

コンロの上でことことなってるお鍋からはお魚のだしのいいにおいがしていた。ハルオハルオハルオハルオーハルオーを食べーるとー。「おさかな天国」のメロディにのせて私がうたいだすと、それに合わせてなっちゃんもいっしょにうたいだした。ハルオハルオハルオーハルオーを食べーるとー、あたまあたまあたまーあたまーがばかになるー。

「もうじゅうぶんばかだろ、おまえら」

こらえきれない、といったようにハルオが笑い出す。

なんだかすごく完璧な気がした。すごく楽しかった。あんまり楽しいから涙が出そうになって、びっくりした。かなしいときには泣けないのに、楽しいときに涙が出るなんて。

この楽しいかんじはほんの一瞬で、ずっとは続かない。細胞レベルでそれがわかってるから勝手に涙が出るんだ。

私はふたりに見つからないようこっそり涙を拭った。

「そういえば花、もうすぐ誕生日だろ。なにか欲しいものある？」

ハルオ天国の合唱に敗れ、新しいレコードをかけるのをあきらめたらしいハルオが、台所に戻ろうとして、その手前で足を止めた。私とふたりでいるときはそんなこと訊いたりしないのに。なっちゃんがいるときを狙ったみたいになんでそんなこと訊くんだろう。私はハルオ天国をぱたりと止めた。つられてなっちゃんも止めた。

「なんでもいいの？」

「なんでも言ってごらん。なんでも欲しいものを買ってあげるよ」

ちょっと芝居めかしたかんじ、お父さんキャラになって言う。私はなっちゃんの髪に巻きついたカーラーをはずしながら、ちょっとだけ考えるふりをした。

「なんにも。欲しいものなんてなにもないわ」

やっぱりちょっと芝居めかしたかんじになってしまった。

欲しいものなんてなにもない。なんでも欲しいものをあげるだなんて、そんなこわいこと言わないで。

「なんにもないってそんなことあるわけないだろ。物欲魔だったくせに。おばさんグッズを買い込んだぐらいで最近、ぜんぜん服買ってないじゃん。いいんだよ、なんでも言ってごらん」

「いらない。なんにもいらない」

私は頑なに首を横にふる。

迷子になった子どもみたいな顔をしてハルオが立ち尽くしている。アイシャドウを重ねて塗りながら、なっちゃんはなにも言わないで私たちの会話を聞いていた。

だってほんとにそうなんだもの。欲しいものなんて思い浮かばない。くたびれたコートも、すりきれた靴も、古い本やレコードも、いまここにあるものでもうじゅうぶん。それが私のすべて。新しいものなんていらない。新しいものはこわい。このまま、ずっとこのままで。

「いいよ、じゃあもう。そんな子にはなにも買ってあげません」

冗談めかしてそんなことを言って、ハルオは台所へ逃げていってしまった。私は俯《うつむ》いたまま、じっとなっちゃんの傷んだ髪を見おろしていた。

「ねえ、花ちゃん」

なっちゃんのつむじがしゃべった。ハルオに聞こえないぐらいのひそめた声。鏡越しになっちゃんと目が合う。

「こんなこと、あたしが言うことじゃないかもしんないけど、いや、べつにいいんだけど、花ちゃんの好きなようにしてていいんだよ。この部屋で眠りたいだけ眠って、あのパンをつぶして食べようがつぶさず食べようが、そんなことはどうでもいい。好きにすりゃいいよ。なんにも文句言わない。でも、」

そこでなっちゃんは一旦、言葉を句切った。鏡の中、目だけはそらさないで。

「誕生日までにいっこだけ、なんでもいいから欲しいものを見つけなさいよ。そうしなきゃもう遊んであげないよ」

厳しい口調ではなかった。子どもをなだめるようなやさしい声だった。でもそれは命令だった。言うとおりにしなきゃ許さない。そんな凄みをはらんでいた。

「なっちゃんはやっぱり、ハルオの妹なんだね」

そうだよ、知らなかった？　と言って、鏡の中のなっちゃんが意地悪そうに笑った。

わたあめがしぼんでいく。

水風船がはちきれるように降り出した雨の中へ、おさかなつまみ食いしたキャバクラ嬢は飛び出していった。激しく打ちつける雨の音を聞きながら、お魚のにおいの中でしんみり食事した。

ハルオはいつもと変わらないふうを装って、テレビを見て笑い、だれに向けるでもない言葉をつぶやき、お味噌汁に浮かんだ鱗《うろこ》をじゃまくさそうに取り除いていた。

私も同じようにした。ハルオが笑ったりなにか言ったりしたら、ちょっと遅れて笑ってみせて、鯛めしをがつがつ食べた。ほとんど噛《か》まずに飲むように食べた。

「雨の音、すごいね」

「うん」

「閉じこめられてるみたいだね」

「うん、そうだね」

ハルオといっしょに暮らしはじめて、もう七年になる。

私たちは永すぎる春をすごしてしまったふたりだった。七年という年月はいろんなことを難しくした。ふたりでいることを難しくしてしまった。

この七年のあいだ、私たちは数えるほどしかケンカをしたことがない。それもほとんどがつきあいはじめたばかりのころに起こったことだ。ささいなことから深刻なことまで、夜を徹して膝つきあわせて話しあったこともあるし、まったく喋《しゃべ》らずに数日間すごしたこともあった。うやむやにセックスに雪崩《なだれ》れ込んでなしにしてしまったこともあった。

いまではもうそんなこともなくなってしまった。それが普通なのかどうなのか、私にはよくわからない。ただ不健全なかんじがする。めんどくさいことを避けつづけて私たちはここまできてしまった。おいしいものばかり食べて、楽しいことばかりして、逃げつづけてきた。ふたりとも子どものままで、おままごとみたいに。

私にとってハルオはハルオでしかない。恋人でもない。夫でもない。父親でも兄でも息子でもない。ハルオはハルオ以外のなにものでもないのだ。

ただふたりでいるために、私たちはどうして、なにかべつの名前をおたがいにあたえなくちゃいけないんだろう。どうして私たちはこんな光の見えない場所にふたりしてやってきちゃったんだろう。

「ねえ、ハルオ」

食後のコーヒーをいれながら、私は彼に呼びかけた。

「ハルオにはなにか欲しいものがあるの？」

「あるよ」

「そっか。あるんだ。いいなあ」

「俺は花のほうがうらやましいよ」

「そうかな」

「そうだよ」

コーヒーのあまい香りがみちてくる。コーヒーは眠気を覚ます飲み物のはずなのに、それに反してけむりのような眠気がやってくる。

「お昼寝してないからもう眠いみたい」

あくびまじりにつぶやいたら、まだ八時だよ？　と言って声もなくハルオが笑った。

3

シロブタドンめ！　くらえ！　という幼い声がすぐ背後でして、

「いてっ」

スーパーソニックジェットハリケーンパンチをくらった。続けて飛び蹴りもくらった。これだからガキは。いったいどういう教育をしてんだと母親をにらみつけたら、

「ぎゃはははは、シロブタドン、シロブタドン怒ってる怒ってる、ヒロトぉ、ハルユキぃ、気ぃつけなよお。シロブタドン、愚鈍そうに見えて実は超つえーからね」

腹を抱えてげらげら笑っていた。いつかコロス！

おさかな屋さんの二階、ハルオとなっちゃんの実家の食卓で私たちはお寿司やお造りやエビフライやお魚フライなんかを食べていた。なっちゃんの彼氏が実家に「ご挨拶」にやってくるというので、なんでだか知らないけど私も呼ばれてしまったのだ。

そしたらヒロトとハルユキの集中攻撃に遭った。

やばいんだって、マジで竹野内《たけのうち》豊《ゆたか》にそっくりなんだって、となっちゃんが言っていた件《くだん》の恋人——大沢さんは、どうひいき目に見ても西村雅彦を若くして髪を少し足しただけってかんじで、

「竹野内豊って……」

何度ももごもごつぶやく私のわき腹を、「やめろって」そのたびハルオがつついた。

その合間にも背後からふたりの幼き戦士がスーパーソニックジェットハリケーンパンチをくりだしてくる。悪いけど怪獣シロブタドンは脂肪に包まれてるからその程度

じゃびくともしないんだよ、と強がってみたら、幼き戦士たちは余計ヒートアップしてしまったようだ。さらにそれを煽《あお》る若き母親。これだから近ごろのヤンママはたちが悪い。

「なつき！　なにしてんの、ヒロトとハルユキに注意しなくちゃだめでしょう。あんたが母親なんだから。あたしが口出しすると、お母さんは余計なこと言わないでって言うくせに、叱るべきとこでほったらかしって、どういうつもりなの。ごめんねえ、花ちゃん、痛いでしょう？　なんなら殴っていいわよ」

そこへ、お母さんが台所から新たなごちそうを運んできた。

「いや、これぐらいならなんとも、大丈夫だから」

なんとなく私はちいさくなって答える。いまの私の立場じゃ、この家で大きなツラなんてできない。籍も入れてないのにハルオの扶養家族と化しているのだから。自分の母親相手なら「私たちの問題だから口出ししないで」とぴしゃりと言ってのけられるけど、ハルオの両親に対してはそうもいかない。

「花ちゃんもきてよ。彼氏見せたいし。最近ぜんぜんきてくれないってうちのお母さんもこぼしてたよ。ねっ、くるよね？　ねっ？　ねっ？　ねっ？」となっちゃんがあんまりしつこく誘うのでつい調子に乗ってきてしまったけれど、この一家にとって私が目の上のたんこぶであることには変わりないのだった。

お父さんの態度を見れば一目瞭然だ。ぜんぜん目が合わない。こちらをいっさい見ようともしない。さっき挨拶したけど無視された。私だけでなくこの場にいる全員が無視されていた（ただし孫除く。偏屈じじいでもやっぱり孫はかわいいらしい）。だれとも交わらずにすみのほうで手酌《てじゃく》で飲んでいらっしゃる。

「お父さん、おつぎしますよ」

ビール瓶を手に大沢さんが腰を浮かすと、お父さんは素早い動作で手近にあったビール瓶をつかみ、自分のコップになみなみとビールを注いだ。親父手ごわい。

「もうそんなひとほっといて、こっちはこっちで勝手にやらせてもらいましょ。ほら、大沢さん食べて食べて」

お母さんが大沢さんのグラスにお酌する。続けて私のグラスにも。俺も、あたしも、とハルオとなっちゃんがグラスを出したら、

「ハルオ、あんたは帰りバイク運転するんでしょ。なつき、あんた普段仕事で飲んでるんだからたまには肝臓を休ませなさい」

ぴしゃりとはねのけた。おふくろも手ごわい。

おかしな晩餐《ばんさん》だった。お父さんは終始そんな調子で、銀縁メガネをかけたいかにも

真面目《まじめ》一本ってかんじの大沢さんとはいまいち話が噛みあわず（彼女の実家にきているのだから彼も多少かしこまっていたのだろうけど）、ほっておいたらお母さんとなっちゃんが本気の言い争いをはじめるし、ヒロトとハルユキは自由に駆けまわり私をかっこうのターゲットにしてる。ハルオだけが、我関せずと涼しい顔で、台所から次々に運ばれてくるごちそうを平らげていた。

「あ、花ちゃん、ちょっと手伝ってくれない？」

トイレから出たところで、台所でデザートの用意をしていたお母さんにつかまってしまった。

「大沢さんがケーキを買ってきてくれたのよ。花ちゃん、コーヒーいれるの得意だったでしょ。コーヒーいれてもらってもいい？」

お母さんはせわしなく動きつづけている。冷蔵庫からケーキの箱を取り出し、食器棚からケーキ皿とフォークを出してお盆の上に並べ、包丁をコンロの火であぶって丸いケーキを切り分ける。

ステンレスの調理台の上では、もうコーヒーをいれる準備はととのっていた。あとはお湯が沸くのを待つだけだ。

私はお母さんの隣に並んで、なんとなく手持ちぶさたで周囲を見まわした。壁のあちこちにヒロトやハルユキが描いたのであろう、独創的な抽象画がべたべた貼られている。

最後にここを訪れたのはなっちゃんの出戻りを手伝ったときだ。そのときは中日ドラゴンズのカレンダーが貼られているだけの殺風景な台所だったのに。

もしかして、同じように昔、ここにハルオやなっちゃんの描いたへたくそな絵も飾られていたのだろうか。ふと思いついたとたん、すっと背筋の伸びるようなかんじがした。なんだか厳粛な気持ちになってしまう。

「お父さんのこと、気にしないでね。あのひと、古いひとだからどうしようもないのよ。あなたたちのことはあなたたちの問題なのにね」

コーヒーにゆっくりお湯を注いでいたら、ふいにお母さんがそんなことを言った。

「そんな、こっちこそ、だって」

突然のことでうまく言葉が出てこなかった。お母さんはふんわり笑って、

「いいのよ。花ちゃんは好きなようにしてれば。ハルオだってなつきだって好きなようにしてるんだもん。花ちゃんばっかりがまんすることなんてないわ」

ああ、この家はなんてあったかいんだろう。

お魚のにおい。古い家のにおい。ハルオとなっちゃんの生まれ育った場所。

「ちがうんです、お母さん。ごめんなさい。私がだめで、むしろハルオのほうががまんしてるぐらいで、私がだめなんです」

そうじゃないんです、そうじゃないんです、お母さん。

「いいのよ、べつに。あたしはハルオを悪者にしといたほうがやりやすいから」

そう言って、お母さんが指についたクリームをぺろりと舐めた。

私は食べられなかったケーキのことを思い出していた。

＊

忘れたふりをしてそのままなかったことにしようとしたあの日。逃げても逃げても、べったり影のようにまとわりついてきて離れてくれないあの残酷な日。

思い出してもぞっとする。闇の中でつめたく光ったハルオの目。ゴミ箱にぶちまけられた誕生日ケーキ。うたわれなかったバースデイソング。

一年前、私の二十九歳の誕生日。

誕生日おめでとう。

日付が変わってすぐ、ハルオからメールが入った。ありがとう、と返信して私は布団に入った。明日——そのときはもう「今日」になっていたのだけど——のことを考えながら。明日、ハルオは休みだから、私が会社から戻ってきたらすぐにどこかのレストランに飛び込んでおいしいごはんを食べよう。きっとハルオは私の大好きなケーキ屋さんのケーキを予約してくれてあるはず。無礼講じゃーと言って、ふたりでワンホールのケーキにかぶりつこう。あたたかい布団の中で、私は幸福な夢をみていた。

二、三時間ほど眠ったころだったろうか。家の電話が鳴る音で起こされた。こんな時間に、いったいなにごとだろうと思って電話に出ると、お母さんからだった。

「おねえちゃん無事に生まれたわよ。ついさっき、女の子、三六八〇グラム」

いちおう報告しとくわね、と一方的にそれだけ言って、お母さんは電話を切ってしまった。

そのとき、どんな感情より早く私の体を貫いたのは、激しい嫉妬だった。

なんでよりによって今日なの。

奈落の底に落とされたような気がした。

「ハルオ?」

壁の時計を見るともう四時をすぎていた。私はハルオの姿を探して暗い部屋の中、視線をさまよわせた。普段ならもうとっくに帰ってきている時間のはずなのに。

「ハルオ？　ねえハルオ？　いないの？」

私はあわてて部屋中の電気をつけた。けもののようなうなり声をあげて、あかりをつけ、テレビをつけ、音楽をかけた。玄関のあかりも台所のあかりもトイレもバスルームもあますことなくぜんぶ照らした。お願いだからハルオの姿を照らして。その影を煙草のヤニで黄ばんだ壁紙にすうっとのばして。

ハルオはどこにもいなかった。最初からハルオなんて存在してなかったんじゃないかと思って、私はうろたえた。

パジャマのまま、外へ飛び出した。私は走った。深夜の大通りをまばらにすぎる車に追い越されながら走った。ハルオのバイト先まで行って、ハルオのバイクが停まってないのを確認して、さらにあてもなく走った。街の灯が遠くでゆらゆら揺れていた。公衆電話を見つけてはハルオの携帯に電話をかけた。何度かけてもつながらなかった。なにが起こったんだろう。今朝、ハルオはいつもとなんにも変わらなかった。あれからなにが変わったっていうんだろう。

おきにいりのワンピースを着て、めずらしくハルオもジャケットなんかを着たりして、ふたりでレストランに食事に行く。顔中クリームだらけにしながらワンホールのケーキを一気食いする。当日までぜったいないしょのプレゼントを開いて、喜んだり、もしくはがっかりしたり。

毎年あたりまえのように訪れていたその日がまた今年もやってくるだなんて、どうして私はそんなこと、なんの疑いもなく信じていられたんだろう。

ああ、どうしようどうしよう。

こわれそう。

助けて。

ふらふら街をさまよい、すっかり疲れ果てて部屋に戻ったころには朝になっていた。パジャマのまま、一睡もしないで部屋中をみがいた。フローリングもお風呂もトイレも窓ガラスもシンクもぴかぴかにした。手を動かしつづけていると、頭がぼうっとしてきて、なにもかもが遠くに感じられた。ハルオが帰ってこないことも、無断欠勤したことも、食事をとることも、なにもかもがどうでもよかった。とにかく一心不乱にみがいた。

ハルオが帰ってきたのは昼すぎだった。

部屋中のあかりをこうこうとつけたまま、私は台所で鍋をみがいていた。

あのときのハルオの目を私は忘れられない。

ぞっとして、私はすぐに台所の電気を消した。ハルオの顔を見たくなかった。でも、逆効果だった。どこかから入ってくる光に照らされて、ハルオの影が色濃く浮かびあがった。やだやだやだ、こわいこわい、気持ち悪い。私は叫んで、みがいている途中だった鍋を投げつけた。激しい音がした。ハルオが手にしていたケーキの箱がべしゃりと床に落ちた。ハルオはなにも言わず、私を強く抱きしめた。ハルオの体はほんのりしめっていて、しゃぼんのにおいがした。

　ごめん、とかすれた声でハルオは言った。なんかさ、いやになっちゃったんだ、なんか突然。自分でもわからないけどいきなり。日付変わったときに花にメールして、こうやって花の誕生日祝うのももう何回目だろう、とか考えてるうちに、これからもそうなのかなって思っちゃったんだ。これからもこんなふうにしていくのかなって。そう思ったらなんか気が遠くなって、なにもかもがめんどうになっちゃった。なんかいやになっちゃったんだ。花のことを嫌いになったとかそういうんじゃなくて、うまく言えないけど、なんかやになっちゃったんだよ。

「わかるよ。ハルオが言ってること、なんとなくだけどわかる」

　私は言った。頭をしびれさせたまま。

「でも、なにがごめんなの？　それがわかんない」

「………」

それきりハルオはなにも言わなかった。

鋭い爪でハルオの胸を刺したらどんなだろう。血はたくさん出るだろうか。私はハルオの背中に爪を立てた。ギリギリめりこむように。もう春だというのにハルオはぶあつい オーバーを着ていて、皮膚までは届かなかった。

いつからだろう。知らないうちにそれはやってきていた。

私たちは行き詰まっていた。ふたりでいることを息苦しく思うようになっていた。

同じ布団で眠り、同じ部屋で同じ時間をすごす。同じものを食べて、同じものを見る。レコードをかけてコーヒーを飲む。街へ出ればお決まりのコース——いくつかのショップをまわって、カフェでお茶をして、回転寿司を食べにいく。年に一度の海外旅行。クリスマスにお正月に誕生日。毎年同じことのくりかえし。あっというまに、ほんとうに驚くほどのスピードで日々はすぎてゆく。新しい服、新しい本、新しいレコード、どんなにぴかぴかの新しいものを手に入れても、いつしかそれはなつかしいものに変わってしまう。劇的な変化のないままループする生活。それなりにしあわせな私たち。このままずっと、こんな調子で、おじいちゃんおばあちゃんになるまで気が遠くなるほど長い時間をふたりでいること。

ハルオがやらなければ、遅かれ早かれ私がしていた。

こんなやりかたでしか、私たちはこのループを止められなかった。

それでも私たちはふたりでいたかった。

どうすればいい?

私たちはどうしたらいいんだろう?

*

バイクを二人乗りして部屋まで戻った。

パーカ一枚ではまだすこし寒かった。

ハルオの背中にほっぺを押しつけてうすく目を開いたら、街の灯がぼうっと滲《にじ》んでいた。

離れないようにしっかりハルオに抱きついた。

4

住所はなし。

名前の下にちいさく「隠居中」の文字。

埃まみれの文庫本の中に挟まれていた手書きの名刺。

なんだか生きてるのがしんどくなって（いつものことだ）、なんにもしないで床に転がっていたら（これもいつものこと）、ソファの下に一冊の文庫本が入り込んでるのを見つけた。それでもすぐには手を伸ばさないで、しばらくぼうっと眺めていた。なんの本だろ。なんであんなとこに入り込んじゃったんだろ。

本なんてもうずいぶん長いこと読んでない。本を読むのにも気力と体力がいる。映画のＤＶＤも観てない。テレビはハルオにつきあってちょっと観るぐらい。音楽もハルオがかけるのをなんとはなしに聴くぐらい。なにをするにも気力と体力がいる。

テーブルの上に置きっぱなしになってるつぶして食べるとおいしいパンの袋に手を伸ばし、一本取って、つぶすのも起き上がるのもめんどうでつぶさず横になったまま食べた。つぶさなくてもおいしかった。テーブルの上に置きっぱなしになってるミネラルウォーターのボトルに手を伸ばし、起き上がって飲んだ。

それでようやく、すこしだけ生きる気力が湧いてきたので、ベランダからワイヤーハンガーを取ってきて、ソファの下から文庫本を取り出した。カポーティの『ティファニーで朝食を』。村上春樹のじゃなくて、龍口直太郎《たつのくちなおたろう》訳のほう。ぺらぺらめくっていたら、そこに挟まれていた名刺がぽろりと落ちた。

なにを思ってこんなものを作ったんだろう。妙にかしこまった字で書かれた自分の名前と「隠居中」の文字を眺め、思わず私は噴き出してしまう。ばかなんじゃないだろうか。こんなの作ってどうするつもりだったんだろう。

床に転がったままげらげら笑っていたら、つ、と下腹部に痛みが走った。まさかと思ってトイレに駆け込むと、生理がはじまっていた。

もうだめだ。

終わった。

生理がはじまった。もうだめだ。

そう思ったら、さっきよりいっそうおなかの痛みが増した気がした。

しょうがない。生理がはじまっちゃったんだからもうどうしようもない。一日目はつらい。今日はあったかくして、じっと横になっているしかない。ほんとは埃っぽい部屋を掃除して、たまった洗濯物も片付けて、明日はゴミの日だからゴミもまとめなきゃいけなかったんだけど、でも生理がはじまっちゃったんだからしかたないじゃないか。

だらだらするための、ていのいい言い訳ができたので（ほんとうに？　ほんとうにそうなんだろうか?)、私はそのままソファに横になって、文庫本を開いた。中学生のころからもう何度も読み返している本だ。

ティファニーの前でクロワッサンをかじっているオードリー・ヘップバーンがめまいがするほどすてきで、映画も何度も観た。原作を先に読んだのか、映画を先に観たのか、もう記憶がおぼろになっているけれど、自動的にオードリーの姿を思い浮かべながら読んでしまう。ラストはだんぜん原作のほうが好き。中学生のころからずっとそうだった。なのにいま、鮮烈に思い出されるのは映画のあのラストシーンだ。雨の中、猫をつぶして抱き合う恋人たち。あのあとふたりはどうなった? あの情熱的なキスを生涯くりかえしたの? そんなことありえるの? 私は本を閉じて、ヤニで黄ばんだ天井を見あげた。

おなかの痛みがどんどん強くなってる気がする。そんなに重いほうではないけれど体の冷える冬はきつい。生理前にゆっくりお風呂につかっておけばだいぶ楽になるのだけど、最後にお風呂に入ったのはいつだったっけ。思い出せない。こんなことならもういっそあがっちゃえばいいのに。生理なんてこなければいい。

子どもを産むなら女の子。ぜったいに女の子。そう決めていた。

いつだったか、ハルオと話したことがある。男の子と女の子、どっちが欲しい?

「やだよ、女の子なんて。だっていつか男にやられちゃうんだよ。かわいそうでやだよ」

私をやっておきながら、ハルオはそんなことを言うのだった。女の子はかわいそう？　そんなことを思っていたのか。びっくりした。

「まあでも、男でも女でも、どっちにしたって大変なのには変わんないんだからどっちだっていいよ。どっちにしても俺に似たほうがかわいい子になると思うけど」

「なに言ってんの、私に似たほうがかわいいに決まってるじゃん」

「いや、完全に俺似でしょ」

「私似だって」

それからはよくある恋人たちの戯言《ざれごと》。

そのころまだ私はわかっていなかった。子どもを産むなんて遠い遠い未来のことだと思ってた。ぼんやりした幸福の絵。

いつか王子さまがやってきてキスをしてくれる。ふたりは結婚してかわいい子どもたちにも恵まれ、いつまでもいつまでもしあわせに暮らしました。物語はいつもそこで終わる。ハッピーエンドはそこなのだと、だから知らず知らずのうちに刷り込まれる。

おとぎ話でも映画でも少女漫画でも描かれない、それから。その先にはなにがあるんだろう。それに気づいてしまったお姫さまはどうすればいいんだろう。

　お城でしあわせに暮らしていたお姫さまと王子さまはやがてお后《きさき》さまと王さまになりました。ふたりのあいだに生まれたお姫さまはすくすくと美しく育ち、王さまはいまではお后さまではなく、新しく生まれてきたお姫さまに夢中です。お后さまはお姫さまを憎みます。娘の美しさ、若さ、なにをもおそれないまっすぐな瞳、ハッピーエンドを信じて疑わない純真な心に嫉妬します。お后さまはりんごを作ります。つやつや光る赤い毒りんごです。お后さまは魔女になってしまったのです。


「花、花。花ちゃん、起きて」

　つっつくような声で呼ばれて、目が覚めた。ハルオの顔がすぐ真上にあった。

「……おかえり」

　ぼうっとしたまま私は言った。

「こわい夢でもみた？　うなされてたよ」

　ハルオが笑う気配がした。私は目をしばしばさせながらなんとか笑ってみせる。時計を見なくても、ハルオが外から運んできた空気が時間を知らせた。深夜の空気が時間の止まっていた部屋の中にしみわたっていく。私は手を伸ばして、ハルオのかさついた手をつかまえた。その温度が、感触が、ハルオと離れていた時間を知らせた。

「ハルオ」

私は言った。するりと、ほんとに勝手に口が動いたというかんじに。

「私たち、しばらく離れたほうがいい気がする」

一瞬の沈黙があって、

「あっ、花またやってる。お尻真っ赤になってるよ」

ハルオは私の言葉をさらりと流した。なんにも聞こえなかったみたいにした。だめだよ、ハルオ。それじゃもうだめなんだよ。いつまでも逃げ続けてなんていられないんだよ。私たち、そろそろどうするか決めたほうがいい。

「お願いハルオ。しばらくどこかに行ってくれない？　どこでもいいから、アメリカでもヨーロッパでもタイでもインドでもモロッコでもどこでもいいから。ハルオにもらったお金、ちょっとずつ貯めておいたの。しばらくどっか行くぐらいのお金はあるの。だから――」

「いやだ」

静かな、けれどきっぱりした声でハルオが言った。「俺はどこにも行かない」

「じゃあ、私が行く」

自分でもびっくりするほど意志のある声が出た。

私にこの部屋を出てどこかへ行くなんてできるわけないじゃないか。そう思ってたはずなのに、その声の強さは私に期待させた。私は、ひとりで行けるかもしれない。どこへでも。

「わかった」

そう言ってハルオは立ち上がった。だめだ、とも、行くな、とも言わなかった。

「俺、しばらく家に戻ることにするわ。花は好きにしていいよ」

事務的な口調で言って、脱ぎかけた上着をまた着込む。ヘルメットを拾いあげて私に背を向ける。

「じゃあね。ばいびー」

いつもと変わらない調子で声をかけてみたけど、返事はなかった。

泣いてみよう。ハルオが出て行ってから、そう思って私は泣いてみようとした。だけどうまくいかなかった。ただただ、ぽっかりとさみしい。それだけだった。

いろんなことを思い出してみる。かなしかったこと。泣くほどかなしかったこと。公園から見た夕陽、飼い犬が死んだときのこと、はじめての失恋、寒空の下で抱き合う中学生、かなしい結末の映画、誕生日おめでとうと言ってくれなかったお母さん、ハルオのつめたい顔。

どれだけ思い起こしても涙は出てこなかった。ソファにうずくまったまま、私はしばらくこのどうしようもないさみしさに震えていた。

＊

札幌はどこまで行っても雪景色だった。

しまった、くさってても北海道だ。もう三月だというのにおそろしく寒い。

「どうせあんたのことだから、なめた格好でくると思ってたわよ。はいこれ着て」

空港まで迎えにきてくれたおねえちゃんはそう言って、顔を見るなりダウンジャケットを押しつけてきた。さ、行くわよ、と颯爽《さっそう》と先を歩いていくおねえちゃんは、もったりしたダウンにウールのズボンを穿《は》いて、安全靴みたいなごついブーツを履いていた。その後ろ姿は、あの都会的でおしゃれだったおねえちゃんからは遠くかけ離れていて、私はいきなり面食らってしまった。

真冬のセールのさなかに出はじめたばかりの春物を買い込み、まだみんなコートを脱いでない時期から春素材のジャケットで街を歩いて風邪を引いていたような人だった。うすっぺらだったお尻や腰まわりにはお肉がついている。一ヶ月に一度のカットは欠かさず、いつもばっちり決まっていた自慢のロングヘアはばっさり切られて、やぼったいショートカットになっていた。カラーリングもしてない。おきにいりの香水もつけてなくて、ほんのりミルクのにおいがする。

どっからどう見ても田舎の主婦ってかんじだ。なのにどうしてだろう。お母さんの言ってたとおり、おねえちゃんはこれまででいちばんきれいに見えた。

インターネットでチケットを手配して、メールでおねえちゃんに連絡して、飛行機に乗った。そのあいだずっと、いまさらどんな顔をして会えばいいんだろうと考えていた。

おねえちゃんを目の前にして、私は自然と笑顔になっていた。からまった糸を一瞬でほどいてしまうような、さっぱりした笑顔でおねえちゃんは私を待っていた。

「それにしてもあんた、ちょっと見ないあいだに太ったんじゃないの」

ざわついた空港を抜け出して駐車場に向かいながら、ふりかえっておねえちゃんが言う。なんとなく照れくさくて、私は俯いた。

「おねえちゃんに言われたくない」

「悪いけど、あんたとちがってただぶくぶく太ってんじゃないんだからね」

そう言っておねえちゃんはおなかを突き出してみせた。

「うそ。もしかしてまたできたの？」

「うん。まだ病院行ってないんだけど、なんかね、そんな気がするの」

駐車場のすみっこに停められたワゴン車の中で、おねえちゃんの旦那さんの和紀さんともうすぐ満一歳になる咲が待っていた。おねえちゃんはベビーシートの咲を抱きあげて、

「ほら、咲。花おばさんですよ。挨拶しなさい。はじめまちて」

なんたることか、私に押しつけてきた。あわあわと私はそれを受け取る。赤ちゃんなんてほとんど触ったことがないから抱き方がわからない。ダウンジャケットのもこもこに阻まれて、抱いてるのか抱いてないのかわからないほど感触が遠かった。

かちこちに固まる私を見て、おねえちゃんがおかしそうに笑った。つられて私も、ぎこちなく笑ってみせる。私の腕の中で咲はにこりとも笑わず、なんだこいつは、とでも言いたげな目で私を見ていた。

「かわいいね」

かわいいなんてつゆほども思ってなかったのに、私は言った。おねえちゃんはただ笑って、すうっと細めた目で私たちを眺めていた。

その日のばんごはんはなぜかポトフで、せっかく北海道にきたんだからウニとかイクラとかカニとかでもてなしてくれればいいのに、と思ったけど、一年間の空白があるせいか、和紀さんの手前だからか、気安くそんなことを言ってしまえるかんじじゃなかった。義兄の和紀さんとは数えるほどしか会ったことがなくて、まだいまいちなじめていないのだ。

おねえちゃんの暮らす家はあったかくて、赤ちゃんのにおいがしみついていた。ナチュラルテイストのインテリアでととのえられた部屋の中、ばかみたいに大きなテレビがどんと置かれていて、室内のバランスをめちゃくちゃにしていた。なにもこんなおっきなのにしなくても、と私がつぶやいたら、やっぱりそう思う？　私もいやだって言ったのに和くんがきかないのよ、これぐらいでっかくなくちゃ見た気がしないんだって、とおねえちゃんが言うものだから、ばつが悪かった。和紀さんは照れくさそうに頭を掻いて笑っていた。

帰る途中でぐずりはじめていた咲は、家に帰ってきたとたん手がつけられないぐらいわんわん泣きわめいて、私はおろおろとそれを見ているしかなかった。おねえちゃんも和紀さんも手慣れたかんじで、おーよしよしー、とてきとうに言いながら顔を真っ赤にして泣き叫ぶ咲の背中をぽんぽん叩き、ビールを飲んでいた。泣き疲れたのか、そのうち咲は床の上にぱたんと横たわって、動かなくなった。眠ってしまったらしい。

「ベッドに移すときがいちばん難しいのよ。和くん、おねがい」

はいはい、と人のいい笑顔を浮かべて和紀さんが立ち上がり、咲を抱えて寝室に引っ込んでいく。

「なんにも聞こえてこなかったらセーフ。泣き声がしたらアウトだね」

ビールのグラスを傾けながら、ほろ酔いの顔でおねえちゃんが言った。

なんていうのか、雑だった。すべてにおいて。子育てって、こんなに雑にしていいものなんだろうか。

「いいのよ。これくらいてきとうなほうが。キリキリやってたらこっちが参っちゃうわ。そんなことになったら共倒れじゃない」

母親になって、おねえちゃんはずいぶん図太くなったらしい。

その夜は、和室に布団を敷いてもらって寝た。布団に入ったまではよかったけれどなかなか眠りにつけなかった。ひさしぶりにお酒をいっぱい飲んだからかもしれなかった。お酒を飲めば飲むほど、私は眠れなくなる。窓の外では音もなくしんしんと雪が降り続けていた。朝方、ようやくうとうとしていたら、咲の泣く声で起こされた。私はため息をついて寝返りを打った。

翌日も、その翌日も、やっぱり眠れなかった。

どうしたことだろう。一日の半分を寝てすごしていたこの私が眠れないなんて、そんなことがあっていいんだろうか。

寝不足で朦朧《もうろう》とする私を、おねえちゃんはあちこちへ連れまわした。ガイドブックに載ってるラーメン屋さんでみそラーメンを食べて、そこらじゅうカニが山積みになっている市場の中の食堂で海鮮丼を食べて（ついでにお母さんにカニを送ってあげた。お金はおねえちゃんが払った）、時計台を見にいって「実際に見るとしょぼいでしょ？」「しょぼいね」と笑って、展望台にものぼった。家の近所のショッピングモールやホームセンターにも連れていかれた。

「和くんがいるときはいいんだけどね。ひとりだとこの子いるから、なかなか自由に出歩けないのよ」

おねえちゃんはそう言うけれど、私はろくに咲のめんどうなんてみちゃいなかった。おねえちゃんがおむつを替えたり、ミルクをあげたりしてるのを、手持ちぶさたに見ているだけだった。

その夜、私はやっぱり眠れなくて、布団を抜け出してリビングのソファに座っていた。あかりをつけないで、闇の中にじっとしていると、とても遠くにきてしまったような気がした。

いまごろハルオはどうしてるだろう。想像してみる。ハルオを失ってひとりで生活する自分の姿はうまくイメージできないのに、ひとりで生活するハルオの姿はくっきり浮かんできた。バイトに行って、帰ってきたらコーヒーをいれてテレビをつけて、おなかが空いたらスパゲティを茹《ゆ》で、背中を丸めて煙草を吸う。ときどきギターを弾いて、音楽を聴く。ゴミの日にはきちんとゴミを出す。シャワーは毎日浴びる。髭剃《ひげそ》りは二日に一度。

浮かんできたハルオの姿はなぜかぜんぶ横顔だった。正面を向いた顔を思い出そうとするのになかなか思い出せない。

リビングと続きの台所にぱっとあかりがついて、咲を抱いたおねえちゃんが姿をあらわした。

「まだ起きてたの」

「うん。なんか眠れなくて」

おねえちゃんはすたすた歩いてきて、私の隣に腰をおろした。パジャマのボタンをはずして、ぽろんとおっぱいを出す。なんの迷いもなく、そうすることがあたりまえというかんじに咲がおねえちゃんのおっぱいに食らいつく。じっと見てるのが憚《はばか》られ、私は薄闇の中、異様な存在感を放っているテレビに視線を移した。

「おねえちゃん、もし咲と私が崖から落ちそうになってたらどっちを助ける?」

甘えたい気持ちになって、私はそんなことを訊いていた。

「なにそれ。究極の選択?」おねえちゃんはふんと鼻で笑って、「そんなこと言って気を引こうとするような子は助けてあげないよ。それにあんたみたいに重いのを、私のような細腕のかよわい乙女が助けられるわけないでしょうが」

「乙女ってよく言うよ、子どもひとり産んでおいて」

「乙女は心意気でしょ」

心意気よ、心意気、心意気次第で女の子はいつまでだって女の子でいられるのよ。

思い出した。おねえちゃんがよく言っていたことだ。

だって私は永遠の女の子なんだもーん、なんて私が言ってるのと同レベルの。もしなっちゃんがここにいたら、「いますぐ姉妹揃って三回ぐらい死んできて」とあきれられそうだなと思って、私はひとりでにやにやした。

「悪いけど、私はだれかひとり選びなさいって言われたって、ルール無視してでもみんなを選ぶわ。そうしなきゃ、なんにも大事に思ってないのと同じじゃない」

そんな答えが返ってくるなんて思ってなくて、私は目をぱちくりさせた。もしかして、おねえちゃんには私の考えてることなんてぜんぶお見通しなんだろうか。

「愛情って減ると思う?」

静かな声でおねえちゃんが訊いた。

そのとき、鼻水がつっと垂れてきて、思わず私はおねえちゃんに借りたガウンの袖で拭ってしまった。KID BLUE のかわいいガウン。ぴくり、とおねえちゃんの眉が反応した。

愛情が減るか、だって?

たかが鼻水ぐらいでおねえちゃんの愛情はいともかんたんに揺らいでるじゃないか。

「そりゃあ、減るんじゃないの」

よく考えもせずに私は言った。

だってそういうものだって、みんな言ってる。歌やテレビや物語や、いろんなところでみんなそう言ってる。ハルオだってところかまわずおならをする私に、「愛がなくなった」と絶望したように言っていた。二度の離婚を経験したなっちゃんだって、「もう愛せなくなっちゃったのよ、旦那のこと」と煙草をふかしながらいい女ぶって言っていた。

「そうかな。私このごろそうじゃないんじゃないかって思うんだよね。愛情は増えたり減ったりしない。奪ったり奪われたりもしない。ただ質を変えるだけなんじゃないかって、思うんだよね」

「………」

私は咲の顔をじっと見た。おねえちゃんのおっぱいから口を離し、うっとりと気持ち良さそうに目を閉じている。眠ってるんだろうか。

考えたこともなかった。ストローで吸うとかさの減るオレンジジュースのように、はっきりと減っていくものなんだとばかり思っていた。氷が溶けて一〇〇％の果汁が薄くなったり、マジックショーのようにいきなりミルクに早変わりしたり。おねえちゃんはそういうことを言ってるんだろうか。

「いまおなかの中に新しい子がいるとするじゃない。その子が生まれてきたら、私はその子にも咲と同じだけの愛情を持つと思う。あんただってそうだわ。花、私はあんたが大好きよ。これまでもこれからもずっとずっと、その気持ちが減ることなんてない。前みたいにいつもいっしょにいて、夜通しおしゃべりしてって、そんなふうにはできなくなったけど、なにもずっとぴったりくっついてることだけが愛情の証明になんてならないでしょ？　こうして会いにきてくれたらうれしいし、いっしょにおいしいもの食べたりいろんなとこに連れて行ってあげられる。どうしてそれじゃいけないの？　勝手にひとりでいじけてるみたいだけど、あんたが家を出てハルオくんと暮らしはじめたとき、私がどれだけさみしかったか、どれだけハルオくんにヤキモチ妬いたか、あんた知らないんでしょう？」

「でもそれはちが——」

「ちがわない。おんなじよ。ねえ、花。あんたもほんとはもうわかってるんでしょう？」

たしなめるような、子どもに言い含めるような声。いつもそうだった。たったみっつしか離れてないのに、おねえちゃんはいつも私よりずっと高いところにいた。それとも「おねえちゃん」という生き物はそういうものなんだろうか。

「わかんないよ」

すねたような声が出た。まるで子どもみたいな。ぜんぜんだめ。これじゃだめだ。おねえちゃんにかなわない。

だれも失いたくない。みんなが欲しい。みんなも同じようにそう思ってくれているなら死にそうにうれしい。なんと幸福な両思いだろう。でも、だったらどうしてこんなに苦しいの。

「わかんない、わかんないよ。どうしたらいいのか」

すがるように、私はおねえちゃんの腕に手を伸ばした。咲を抱いたまま、おねえちゃんの腕はびくともしない。こんなに華奢《きゃしゃ》なのに、ずいぶんとたくましい。この腕ならほんとにみんなまとめて崖から引きずりあげられるかもしれない。

「私だって最初にこの子がおなかにいるって知ったとき、どうしようって思ったよ。自分がべつの生き物にされちゃうみたいでこわかった。まだまだやりたいこともいっぱいあったし、仕事もやめたくなかった。どうしてくれんのよって和くんにやつあたりみたいなこともしちゃった。結婚したら和くんは地元に戻りたいって言うし。だって北海道よ？　私がそんなとこで暮らせるわけないじゃない。田舎に引っ込むなんて冗談じゃない、わざわざ家族や友だちと離れてまでなんで私がそんなとこ行かなきゃなんないの。いったいあんたになんの権利があってそんなこと言うのよって、ほんと腹立った。何発か殴ってやったりもした」

当時のことを思い出しているのか、おねえちゃんは最後のほうにはくすくす笑っていた。

おねえちゃんはいろんなことを想像した。和くんと結婚して北海道で暮らす。やがて子どもが生まれる。もちろん自分の子どもだ。かわいいと思うだろう。いとしいと思うだろう。それと引き換えに、自分はどれだけ多くのものを失うんだろう。友だちとは最初の何年かは年賀状やメールのやりとりをしていても、そのうちなんの音沙汰もなくなってしまうだろう。お父さんやお母さん、花とだって年に一度、会えるかどうか。私はきっと忘れられてしまうだろう。大切なひとたちから。

自然とBGMは『北の国から』の、あの聴いてるだけで哀愁を誘うメロディになってしまい、考えれば考えるほど気持ちが沈んでいった。新しい土地で、新しい生活を切り開いていく気力なんてまったく湧いてこなかった。

このままなし崩しに北海道で生活をはじめてしまったら、私は日常にすりへらされていく。子育てに追われ、家事に追われ、旦那の世話をして、夜にはあたたかい部屋で家族団らんする。たまの休みには遠出をして、温泉に入ったりスキーをしたり牧場でポニーに乗ったりする。冬がきたらお母さんにシャケとカニを送ってあげる。数の子やウニやイクラでもいい。そのうち化粧するのもめんどくさくなって、すっぴんで平気で買い物に出かけたりするようになるだろう。ダウンを着てればわからないからとノーブラで出かけてしまったりもするかもしれない。そんな私をだらしないと言って責める和くんのおなかはすでに取り返しがつかないほど出っぱって、頭のてっぺんも薄くなりかけている。いまはあんなにすてきな和くんも（さりげなくのろけられた）、いつかおじさんになってしまうのだ。カラオケで松山千春をうたいだすのも時間の問題だ。そのとき、私はどうしてるんだろう。そういうことを気にもしないような完璧なおばさんになってるんだろうか。かつて、おばさんになんかなりたくないと胸を痛めていた私の中の女の子は、どこに行っちゃうんだろう。

「難しいのよ。女の子のままでいるのも、完璧なおばさんになるのも。ねえ、考えてみたことある？　もしかしてお母さんもそうだったんじゃないかって。いまではもう立派な、どっからどう見ても完璧なおばさんになっちゃったお母さんだけど、もしかして若いころ、お母さんもそんな逡巡《しゅんじゅん》を持っていたんじゃないかって」

「まさか！」

私は即答した。だってそんなことあるわけない。もう何年も同じ髪型をして、でっぷりと太って、ボロぞうきんみたいなセーターを着て、こたつに丸まってお茶をすすってるのがなにより似合う、どっからどう見てもおばさんの中のおばさんのうちのお母さんが。

「そう思うでしょう？　私だってまさかって思ったけど、でもわかんないじゃない。私たちは女の子だったころのお母さんを知らないのよ。お母さんは、私たちが生まれたときからお母さんだったんだもの」

そんなおそろしいことがあるだろうか。あの鈍感な（ように見える）お母さんが、かつては繊細な少女の心を持ちあわせていたなんて。いつか私もお母さんのようになる。そう予言されているのと、それはほとんど同じことだった。

「ぞっとしちゃうでしょ？　モデルケースがすぐ目の前にいるのよ？　それもあんな酷いのが」

そこでおねえちゃんはぶほっと噴き出した。つられて私も笑ってしまった。酷い言われようだ。

「でもそんなとき、やってみなくちゃわからないって、和くんが言ったの。先のことをこわがって足踏みしてたらずっと同じ場所にいることになっちゃう。そっちのほうがずっとこわいんじゃないのって。やってみて、もしまた行き詰まったらそこで考えよう。そのときには子どもも生まれてる。俺もいる。いっしょに考えたり悩んだりできるから、とりあえずやってみようよって」

その結果はどうだったか。一目瞭然だ。いまのおねえちゃんに迷いは感じられない。これから先どうなるかはわからないけれど、もしそうなったときには和紀さんがいる。咲もいる。いま、おねえちゃんのおなかの中にいるかもしれない新しい命も。

「ねえ、花。しあわせを、生活をこわがっちゃだめよ。明日がくることはこわがることなんかじゃなくて、祝福すべきことじゃない？　こわいものは他にいくらでもあるわ。明けない夜も終わらない冬も人の心もみんなこわい。戦争も突然の死も事故も注射も病気も歯医者もこわい。貧乏だってこわい。子どもの非行だってこわいわ。ただでさえこわいことがいっぱいあるのに、そんなとこで立ち止まっててどうするの。死ぬまで延々怯《おび》え続けていかなくちゃいけない、それがいちばんこわいわよ」

「待って。体脂肪率とピーマンもいれて。そのこわいものリストの中に」

「……人の話ちゃんときいてる？」

そこでおねえちゃんは咲を抱いたままそっと立ち上がり、寝室に歩いていった。ベッドに移すときが肝心。泣いたらアウト。私はソファに座ったまま、そっと祈った。おねがい。泣かないで。目を覚まさないで。もうすこし、もうすこしだけでいいから、おねえちゃんとの時間を私にちょうだい。

願いが通じたのか、咲の泣く声は聞こえてこなかった。寝室から戻ってきたおねえちゃんはやかんを火にかけて、戸棚からインスタントコーヒーの瓶を取り出した。

「インスタントだけどいい？」

なつかしさにめまいがするかと思った。

ドリップのコーヒーじゃなくてインスタントコーヒー。なんだか寝付けない夜、台所に降りていくと、夜遊びから帰ってきたばかりのおねえちゃんとよく出くわした。

そんなとき決まっておねえちゃんは、目の下にマスカラをにじませ、酔っぱらってふらふらの足取りでコーヒーをいれてくれた。インスタントだけどいい？　と最初に断ってから。

ようやくわかった。

知らないあいだに、私はすべてを求めていたのだ。全部をくださいと、全部くれないならもうなにもいりませんと。

北海道で暮らすおねえちゃんを私は知らない。大学でのおねえちゃんを、職場でのおねえちゃんを知らない。ひとりの女としてのおねえちゃんを知らない。だっておねえちゃんは生まれたときからおねえちゃんだったから。

生まれ育った屋根の下、両親はとうに寝静まっている深夜、ふたりでインスタントコーヒーをすすりながら、こしょこしょとくだらないことを話した。だれも知らない、私だけのおねえちゃんがたしかにあのときも、いまも目の前にいる。これ以上、なにを望むことがあるだろう。

「ほら飲んで、ミルクも砂糖もたっぷり入れておいたわよ。お子様用に。ほんとにもう、三十にもなるのに世話が焼けるんだから」

「失礼ね、まだ三十じゃないよ」

反論する私に、おねえちゃんは得意げに笑って、

「ばかね、もう三十よ」

時計を顎でさした。

見ると、時計の針は深夜三時をさしていた。

「誕生日おめでとう」

おねえちゃんが言う。ひっそりした祈りのこめられた声で。

私はあわてて携帯を開いた。

日付が変わった瞬間に一件のメール。誕生日おめでとう。たったそれだけのシンプルなメール。毎年欠かさずに、くりかえし送られてきたメッセージ。

目に見えるものすべてがぐにゃりと溶けた。誕生日おめでとう。その言葉は、私を祝福する言葉だ。私たちのこれからを祝福する言葉だ。涙といっしょに私の中で凍っていたものがゆっくり溶けて流れ出す。

おねえちゃんの手が伸びてきて私の頭を撫でた。やわらかくて気持ちよくて、私はばかみたいに泣きじゃくった。

ハルオに会いたい。近くにいないと、私はハルオの顔をはっきりと思い出せない。だったら近くにいなくちゃ。ずっと近くにいなくちゃ。雪解けの川のように涙は流れ

続ける。

なんと欲張りなんだろう。あんなに焦がれたおねえちゃんがすぐ隣にいて、こうして頭を撫でてもらいながら、いま私はハルオが恋しくて泣いている。すべてなんてあげられないしもらえない。だからいとしく思う。そばにいたいと思う。ときには嫉妬もしてしまう。

お父さんがいて、お母さんがいて、おねえちゃんがいた私のちいさな世界に、新しい人たちがやってくる。どんどんやってくる。そうすることでしか世界は広がっていかない。元いた場所を捨てることなんてしないで、ちょっとずつ、ほんのちょっとずつだけ世界を広げていく。バックパックに大切な石や本やオルゴールを詰めて、赤いポットにコーヒーを入れて、おやつも忘れずに。

あなたが私のすべて、あなたがいれば他になにもいらないなんて、そんなのこわい。なにもかもかなぐり捨てて、なりふりかまわずただひとりの人を愛する。そんなドラマチックなのはこわい。人生はおとぎ話じゃない。

私はなるべく捨てないでいよう。できるだけ手に持てるだけの荷物を選び、もし自分の手に負えないぐらい大きな荷物になってしまったら、それを持つだけの筋力をつける。筋肉隆々の二の腕は私の誇りとなるだろう。

「朝になったら、とっとと内地に帰りなさいよ」

私の頭をぽんぽん叩いて、最後におねえちゃんが言った。涙でぐちゃぐちゃになったまま、私は眠りに落ちた。

＊

アパートの下、定位置にハルオのバイクが停まってるのを見つけたとたん、走り出していた。

キャリーケースをよっこらせと抱きかかえ、階段を駆け上がった。はやる鼓動を落ち着かせ、そっと鍵《かぎ》を開けて部屋に忍び込む。ほんのすこし泥棒気分なのは、わずか数日留守にしただけなのにどことなくよそよそしい部屋の空気のせいだ。

部屋の中は荒れていた。たたきにハルオの履きつぶしたスニーカーが乱雑に転がっている。

「ハルオ。ハルオ、いるんでしょう?」

ブーツの紐をほどきながら呼びかけてみる。返事はなかった。けれど、部屋の空気が、床に転がるヘルメットが、台所の床に脱ぎ捨てられたままのジャケットが、ハルオの所在を知らせていた。深呼吸をひとつして、私は寝室のドアを開けた。

カーテンを閉め切った部屋に、外からの光が筋になって差し込んでいた。掛け布団を頭からかぶってハルオが寝ている。上着を脱いで、私は布団の中にもぐりこんだ。

「うわ、花？　びっくりしたあ」

寝ぼけた声でハルオが言った。とろんとした目を開ける。

「ハルオ」

私はハルオのほっぺたをぺちぺち叩いた。髭がじょりじょりして痛かった。予想がはずれた。私がいないとハルオは髭も剃らないようだ。

「ハルオ、起きて。起きてってば」

起きてるよぉ、とふにゃふにゃ言って、ハルオが私にキスをする。まだ寝ぼけているみたいだ。

「ねえ、ハルオ、起きないとまたどっか行っちゃうかもよ？　知らないよ？　いいの？　ねえ、いいの？」

やだよう、どこにも行かないでよう、俺を置いていかないでよう、とまだふにゃふにゃハルオが言う。私はしびれを切らし、布団の中でもぞもぞ靴下を脱いで、冷え切った爪先をハルオのおなかに押し当てた。

「つめてっ」

それで、ようやく目が覚めたようだ。驚いたように目をしばたたかせる。

「あれ、花、いつ帰ってきたの」

「いま」

「そっか」

ハルオの腕がやわらかく私を包み込む。布団の中はあったかくて、ハルオのにおいがした。

「この部屋じゃなきゃ、ハルオの近くじゃなくちゃ眠れないみたい」

「だったら俺の勝ちだ。俺なんて、花がいないと眠れないどころか起きれないんだもん。もう三日もバイトさぼっちゃった」

「いばるようなことか？」

「先にいばったのはそっちだろ」

「いばってないし」

「そんなことより」

あ、やばい、と思ったときにはもう遅かった。ハルオの顔が、私の頭皮めがけて近づいてくる。

「おまえ、いったい何日風呂に入ってないんだ？　納豆を百倍臭くしたみたいなにおいがするぞ。いったいどこ行ってたんだよ。まさかインド行って風呂入らないのがインドっぽいとかいうまちがったインド観を得て帰ってきたんじゃないだろうな」

ああ、ハルオだ。目の前にハルオがいる。目を三角にして私を叱るハルオを見て、私はようやく実感する。帰ってきたんだ、と。

「ねえ、おかえりは？」

「は？」

「帰ってきたのにまだおかえりも言ってくれてない」

「ああ、おかえり」

「なんか言わせられてる感がある。もっと心こめて言ってよ」

「ああもうめんどくせーなあ、おかえりおかえりおかえりおかえり」

「ひどい。投げやりすぎる」

「どーしろっちゅうんだよ」

「そうだなあ。お風呂洗ってお湯ためていいにおいのする入浴剤入れてくれるなら許してあげないこともないよ」

「…………承知」

ものすごく不本意そうな承知のあと、ハルオはうーんと布団の中で伸びあがった。

その日の入浴剤はラベンダーだった。紫色のお湯をかきまぜながら、「なんでラベンダー?」と訊いたら、「花だけ北海道行ってずるいから」というよくわからない答えが返ってきた。北海道といえばラベンダーというのが『北の国から』マニアのハルオにとっては常識らしい。

「離れたくなったら離れればいいよ。でもいっしょにいたいと思ううちは、なるべくがんばって、どんなことをしてでもいっしょにいよう」

私の頭を洗いながら、ハルオが言った。私は返事のかわりに「花とハルオの歌」をうたった。こないだうたったときはマイナー調だったのに、今日はメジャー調になってしまった。

今度は私がハルオの頭を洗う番だった。シャンプーを泡立てて、てきとうにこねくりまわすだけのやり方にハルオが焦《じ》れて、ああもういいよ、自分でやるから、と私の手を振りはらった。いつもそんな洗い方してんの? どうりでえげつないにおいがすると思った、ちゃんと洗わなきゃだめでしょ、女の子なんだから、といやみをつけくわえるのも忘れなかった。

「そうよ、だって女の子だもん」

だらしなくて気まぐれでてきとうで脈絡がなくていつも自分のことばっかりで、欲張りで食いしん坊の甘えん坊で、それもこれもぜんぶ女の子なんだもん。しょうがないじゃない。

開き直りにも似た気持ちで私は思う。私の中の女の子はまだ生きてる。死にたくないと言ってる。せめてそのあいだは、無様でもなんでも、生かしといてあげようじゃない。この先どうなるかはわからなくても。

もし行き詰まってしまったら、そのときにはハルオがいる。なっちゃんもいる。おねえちゃんもいる。ひとりで毛布にくるまっている季節は過ぎた。しゃぼんは割れたのだ。

自分だけ泡を流して、私はざぶんとお風呂につかった。紫色のお湯の中で、目もあてられないほど醜い体がゆらゆら揺れている。

「なにやってたんだろう、この一年。こんなにでっぷり太っちゃって」

つぶやいた声はバスルームの中でうわんとうねった。なにやってんだ、ほんとに。そう思ったら、じっとしていられなくなった。

「どうしよう、瘦せなくちゃ。一刻も早く瘦せなくちゃ。三十からのダイエットは熾《し》烈《れつ》を極めるんだよ。知ってる？　基礎代謝もぐんと落ちて瘦せにくくなっちゃうの。またスポーツジム通いはじめようかなあ。でも運動かあ、運動はなあ、地道なダイエットする根性がないからな、私の場合。まず根性から叩き直さないと。もう春だっていうのに、ガーゼのふんわりスカートも麻のジャケットも、パフスリーブの乙女シャツも着れないじゃん。女の子なのに不幸だよ、超不幸。死にたいぐらい不幸だ。あっ、そうだ、誕生日になんでも好きなもの買ってくれるってハルオ言ってたよね？　たしかに言ったよね？　なっちゃんという証人だっているからね、いまさらしらばっくれたってだめだからね。欲しいものなんていっぱいあるよ。新しい服も欲しい、バッグも欲しい、靴も欲しい、化粧品だって欲しい。どうしよう、こうしちゃおれないよ。いま何時？　まだデパートやってる？　ほら、ハルオ、さっさと流しちゃって。そんなのてきとうでいいから早く出かけなくちゃ。すぐに行かなくちゃ。あのね、ハルオ、三十だろうがなんだろうが心意気なのよ、心意気次第でいつまでも女の子でいられるのよ。私悟った。インドは行かなかったけど北海道で悟り開いちゃった。もう意地でも一生女の子でいてやる。だれがなんと言っても、まわりがみんなおばさんだと言っても私は揺らいだりしない。この根性さえあれば地道なダイエットもなんとか乗り切れるかな。あ、でも今日は誕生日だから無礼講ね。レストランでおいしいもの食べて、ワンホールのケーキを丸ごと食べよう。ダイエットは明日からってことで。うん、完璧。ちょっと、ねえ、ハルオ聞いてんの？　なんとか言いなさいよ、あっ、手は休めずにね。急いで、時間がない、時間がないわ」

お風呂を出てから留守電のランプが点滅していることに気づいた。メッセージはお母さんからだった。

「花、ちょっと花いるんでしょ？　居留守つかってんの？　知ってるんだからね、今日おねえちゃんから電話あったんだから。あんたなによ、ちっともこっちに顔出さないのにおねえちゃんとこは行ってさ。ああ、カニカニ、カニ届いたわよ、カニ。ありがとね。ま、どうせおねえちゃんがお金払ったんでしょうけど。そんなことぐらいあたしにはお見通しよ。何年あんたたちの母親やってると思ってんのよ。ほんとにあんたって子はいつまで経ってもおねえちゃんに甘えっきりで――って、そうじゃないのよ、別にそれはいいんだけど、おねえちゃんとこ行くなら行くっていってくれりゃあよかったのに。あたしだって行きたかったのに。ちょうど咲の誕生日だったでしょ、ほんとあんたって気が利かないわねえ、三十にもなって――って、ええっ？　あっ、あらあら、えっうそ、あんたも今日誕生日じゃないの。咲ちゃんの誕生日だもんね、そうよね。このごろ忘れっぽくなっちゃってやあねえ。そうだそうだ、あんた咲ちゃんとおんなじ誕生日なのよね。ああそう、いよいよ三十になったの。あんたもついにばばあね、ばばあよばばあ。こっちの世界にきたわけね。これからあっというまよお、四十五十とほんとにあっというまなんだから。ねえちょっと花、聞いてるの？　ちょっと花、またどうせ寝てんでしょ。ちょっと、なんとか言いなさ——」

お母さんの声は、電子音に遮《さえぎ》られて消えた。

「よく似た親子ですこと」

電話機の前でかたまる私のすぐうしろで、ハルオがぷっと噴き出した。私はむっとして消去ボタンを連打した。

いろとりどり

これは人生最大の冒険のお話ではありません。運命が大きく動く瞬間のお話でもありません。夏休みの思い出のような、昨日みた夢のような、前世の記憶のような、曖《あい》昧《まい》でとりとめない、でもなにかしらの光をふくんだものというわけでもありません。わざわざこうしてお聞かせするほどのものでは決してないのです。キャンディの味はなにかを考えるくだらないゲームのようなもの。

生まれてからずっとおそれていた日が、遂《つい》にやってきてしまいました。

二時間目の算数を終え、休み時間にお友だちとおトイレに行ったときのことです。個室にはいって下着をおろすと、ひとすじの赤いしるしがありました。

いったい私は、どんな気持ちでそれに対峙《たいじ》するのだろうと、毎晩のように思い描いていたこのとき。

正直に言いますと、思いのほかそれはあっけないことでした。ああ、遂にやってきてしまったか。あきらめに近い、ちょっと拍子抜けしてしまったような気持ちで、私は赤いしるしを見おろしていました。

たちまち目の前がまっくらになり、わーんと泣き出してしまうのではないか、ヒステリーを起こし、くるったように暴れまわってしまうのではないか、などとほのかな期待をしていたのですが、やはり私には無理だったようです。そんなキャラでもないですし、我を忘れて感情に支配されることなど、永遠にないのではないでしょうか。

永遠。

この言葉を思い浮かべるだけで、すうっと気が遠のいていくようなかんじがします。なんて甘やかで、おそろしい響きの言葉なんでしょう。この世に永遠なんてものは存在しません。永遠は思いこみの中にできるものです。

永遠にこの日がこなければいい、だなんて私は願ったりしませんでした。願ったところでかなわないんだったら願うだけ無駄でしょう？　永遠を信じ、誓いあうような愚かな大人にはなりたくありません。戻らない春を待ち続ける大人になるなんて、想像するだけで反吐《へど》が出そうです。

保健室で生理用品をもらい、私は再びおトイレの個室にこもってそれを身につけました。汚物入れのふたを開けると、くるくると丸められたそれらがいくつか入っています。保健体育の授業で扱い方は教わっていたので、私は戸惑うことなくビニールの包装を剝《む》き、装着しました。

クラスのお友だちのほとんどが、もうすでに初潮をむかえています。大人と変わらぬほど大きくふくらんだ乳房の子もいます。私の胸はまだ、ほんのかすかにふくらんでいる程度です。ママ譲りのちいさな乳房がここにできあがっていくのを、私は望んでいます。なにかの間違いで、この胸が大きく、巨乳と呼ばれるまでにふくらんでしまったら、どうしたらいいのでしょう。豊胸手術というのはよく耳にしますが、貧胸手術というのは存在するんでしょうか。あんな醜《みにく》くみっともないからだになるなんて、想像しただけで舌を嚙《か》んで死んでしまいたくなります。

個室から出た私は、手洗い場で石鹼《せっけん》を泡立て、ていねいに手を洗いました。ふと顔をあげると、鏡の中の自分と目が合いました。毎朝ママの手によってくるくるカールさせられる毛先、頭のてっぺんには女の子の印――ピンクのひらひらおリボンが結ばれています。

「かわいそうなこ」

私はぽつりと呟《つぶや》きました。

おなかが痛むのだと嘘《うそ》をついて、学校を早退することにしました。授業がはじまっていたため、廊下はひっそりしていました。お友だちが保健室まで運んでくれたランドセルをしょって、ひとりで静かな廊下を歩き、校舎の外に出ました。

校門を出るときにふりかえったら、みやびくんが教室の窓からこちらを見おろしていました。腹痛に耐えながら無理して笑ってみせる、という小芝居《こしばい》をしつつ、私はみやびくんにちいさく手をふりました。その姿を健気《けなげ》に思ったのでしょう。みやびくんは気の毒そうな表情を浮かべ、だれにも見つからないようちいさく手をふりかえしてくれました。

ほかのがさつな男の子たちとはちがって、みやびくんは品がよく、子どもであることを観念しているようなところがあって、ひそかに私は彼に一目おいていました。まるで幼稚で自意識過剰な女の子たちよりも、自分の置かれている状況にまったく疑問を抱かず、すこやかに半ズボンで駆けまわっている男の子たちよりも、だれより彼を気に入っていました。おそらく、彼のほうでも同じなのではないかと思います。

私たちは、だからといって言葉を交わしたことは数えるほどしかありません。男女が親密に言葉を交わし、交流を持つことは、私たちの属する幼稚な世界では許されていません。だから私たちは、そっと視線を送りあい、あなたのことを知ってるよ、君に気づいてるよ、私たちは同じ、ぼくたちは同じ、と無言のメッセージを交わすしかないのです。

たとえば、クラスのだれかが大きな声で幼稚な冗談を叫んだとします。教室じゅうがどっとわきます。私はそんなとき、なんだかやりきれない気持ちになって、窓際に座るみやびくんに視線を送ります。するとみやびくんも私を見て、だれにも気づかれないようそっと肩をすくめるのです。

この世界の中で、それでも私たちはそこそこうまくやっていました。

休み時間になれば、私はお友だちと連れ立っておトイレに行き、鏡の前で髪を梳《と》かしながらテレビドラマやアイドルの話題で盛りあがります。掃除をサボる男の子に、「もう、ちゃんと掃除しなよぉ」と、ちょっと頬《ほお》をふくらませて、でも完全には怒ってないふうに笑って、箒《ほうき》をふりまわしてみせることだってお手のものです。みやびくんのほうはみやびくんのほうで、クラスの男の子たちといっしょになって校庭に飛び出していき、サッカーやドッヂボールに励んだりしています。掃除をサボって女の子から注意されたら、「うっせーブス！」なんて乱暴な言葉を放ったりもします。

子どもらしく。子どもらしく。子どもらしく。

思えば、ちいさなころから私はそうして生きてきました。

大人の顔色をうかがい、大人が望む子どもを演じてきました。遊園地や動物園に連れて行かれれば大声をあげてはしゃぎ、ゾウさんを前にして「キリンしゃんおおきいね」と子どもらしくかわいらしいボケをかましたりしました（ちょっとこのボケはわざとらしすぎたかな、とすこし反省しています）。誕生日には欲しくもない着せ替え人形をせがみ、人形だけじゃいや、ドレスもバッグも靴もおうちもぜんぶ欲しい、ぜんぶ買って、とひとつとしてなんにも欲しくないのによく言うよなあ、と自分で自分につっこみつつ、地団駄《じだんだ》踏んでみせました。

本屋に連れて行かれ、なんでも好きな本を選びなさいと言われて、真っ先に絵本やマンガのコーナーに向かうなど、私から言わせれば愚の骨頂です。かといっていきなり文学全集や哲学書ではやりすぎですから、そんなときは決まって、子ども向けの歴史小説や偉人伝、海外のファンタジー小説などを選ぶことにしています。そうすると、うちのパパなんかはたちまち相好《そうごう》を崩して、自分の娘が子どもらしく、かつアカデミック寄りのものを選ぶことに大喜びします。浅いひとだなあ、と思います。ただしこれがママになると、もうちょっと上級テクニックが必要になります。「女の子は多少、勉強ができなくてもかわいければそれでいい」を地でいくようなうちのママには、アカデミックはご法度《はっと》なのです。なので、ママといっしょのときはファッション誌——それも私の年代の女の子が読むのより、すこしだけ大人びたものを選ぶようにしています。グラビアページを開いて、こういうお洋服が欲しいなあ、と言う私に、あらあら、それはまだちょっとあなたには早いんじゃないかしら、と答えるのが、ママのなによりの愉《たの》しみなのです。

そうそう、このお話だってそうです。私は作文でも夏休みの日記でも日直の日誌でもなんでも、なにか文章を書くときには必ずですます調をもちいます。そのほうが真面目《まじめ》っぽいし、女の子らしいでしょう？　なのでこのお話もですます調なのです。はみださないように、目立たないように、踏みはずさないように。子どもらしく。子どもらしく。子どもらしく。

そう心がけて生活するのは、正直に言うととてもくるしい——なんてことはべつになく、わりとへっちゃらです。女の子たちのくだらないおしゃべりは砂糖菓子のように愛くるしいし、ボールを追いかける男の子たちの背中は、私をどこか遠くへ連れて行ってくれそうな気すらします。

いったい、ほんとうの自分ってなんなんでしょう。

あたえられたお洋服を着て（そりゃあ女の子ですから、多少の好みはありますけど、ああでもその「女の子ですから」ってのがくせもので、それだってあたえられた役割をこなしてるのにすぎない気もします）、あたえられたものを食べて、あたえられた屋根の下、あたえられたベッドで眠り、あたえられた時間に学校へ行き、あたえられた課題をこなし……。

だれかに（いったいだれに？）あたえられるものだけで、私たちの生活は埋め尽くされています。どうしたい、こうしたい、などと考える前に、ハイ次！　次！　次はこれ！　どこからともなくスケジュールが押し寄せてきます。

私は立ち止まって、もう一度、学校をふりかえりました。ゆるやかな坂の上で、白い校舎が太陽の光を反射しています。

本来ならまだあの中にいるはずなのに、思いがけず私は自由を手にしてしまいました。

だけど、やりたいことなんて、ない。なにひとつ、思い浮かびません。

私はそのことに絶望したりしませんでした。ただ頼もしく思うだけでした。これからもこのまま、ヒステリーを起こすことなく、踏みはずさずに歩いていける。そのことに私は深い安堵《あんど》をおぼえるのでした。

――と、言ってたそばから私は頭にきました。
家に戻って、ダイニングテーブルに置かれていた手紙を読んで、ほんとにもう、あったまきちゃいました。

まりあちゃんへ
もうママ、がまんできない。家出することにします。ごめんね。
ごはんはこのカードでどこでもすきなレストランにいって食べてください（サインはママの名前でするように）。それからマドちゃんにエサあげるのをわすれないように。あと、このことをさっそくパパに電話しましょう。パパのケータイは090―××××―××××です。
ママより

あきれました。なににあきれたかって、このあったま悪そうな文面です。小学生の私から見てもかなり酷《ひど》いです。それに、なんてへたくそな字なんでしょう。いい大人になって丸文字を使ってるなんてどうかと思います。しかもひらがなだらけ。信じられません。これが自分の母親だなんて……と思うと、目の前がまっくらになります。

手紙を見おろしたままわなわな震えていた私の足元に、ミニチュアダックスフントのマドリーヌがすりよってきました。この吐き気と頭痛をおぼえるぐらいひどいセンスの名前はママがつけたものです。私はテーブルの下にかがみこんで、あちこちたくさんリボンのついたマドリーヌの頭を撫《な》でてやりました。

「エサあげるのをわすれないように」なんてわざわざ言われなくても、餌をあげたり散歩に連れていったりブラッシングしたりと、マドリーヌのあらゆる世話をしていたのは私でした。手持ちぶさたのとき、自分がさみしいときだけ、「マドちゃーん、こっちおいでー、かわいーわねー」と猫撫で声（犬相手に猫撫で声はありなんでしょうか）で近づいていき、べたべたと撫でまわす。ママがしていたことといえば、それぐらいです。

だいたいなんのつもりなんでしょう。この「さっそくパパに電話しましょう」っていうのは。パパの気を引くためだけの家出なんでしょうか。ばかなんじゃないでしょうか。こんなことして、なんになるんでしょう。血相を変えてパパが追いかけてくるのを望んでいるんでしょうか。とんだお姫さま願望です。ばかばかしい。そんな手助け、だれがしてやるもんですか。

手紙をテーブルの上に戻し、私はマドリーヌのお水を入れ替えてあげました。だだっぴろいリビングにマドリーヌが水を飲む音だけが響きます。ひとりでいると、この家はこんなにも静かなんだなあ。

家にはいつもママがいるので、私はこの家でひとりになったことがありません。こんなところに、いつもママはひとりでいるのでしょうか。なんだか心の中までしんとしてきました。

時計を見ると、もうお昼です。いつもだったら給食を食べている時間です。かんたんに食べられるものはないかと、私は冷蔵庫を開けました。骨付きの鶏もも肉とレタスとトマトしか見つかりませんでした。戸棚を探しても、ひじきやかんぴょうや干ししいたけなどの乾物かアンチョビやホワイトアスパラの缶詰ぐらいしかありません。パパがインスタント食品を毛嫌いしているので、我が家には冷凍食品もカップ麵《めん》も置いてないのです。この家でパパが食事することはめったにないというのに、律儀にパパの言いつけを守り、ママは毎日のように手のこんだ料理をつくっています。

しかたなく私は、電話台の抽斗《ひきだし》から電話帳を出して、いつも出前をしてくれるお寿司屋さんに電話をかけました。いつものやつを一人前サビ抜きお願いします、と注文して、すぐに電話を切りました。まさか「いつものやつ」なんて言葉を自分が使うことになるなんて思ってもみなくて、ちょっと恥ずかしくなりました。それでも「特上にぎり」と口にするよりかはいくらかましでした。「特上にぎり」なんて言葉を子どもの分際で口にするなんて、私にはとてもできそうにありません。

出前が届くまでのあいだに、かんたんに私の家族の紹介をしておきます。

パパは一流です。一流の家庭で育ち、一流の学校を出て、一流の会社に就職し、一流ホテルで結婚式を挙げ、一流の場所に一流の家を建て、一流のレストランや料亭を知り尽くしており、毎晩のようにそこで一流の食事をいただいている、一流の大安売りのような人です。見本市といってもいいかもしれません。なにをして一流というのか私にはよくわかりませんが、大安売りできるような種類のものではないと思うのですけど。やっぱりなんか浅いです。

一流という言葉を使わないであらわすのであれば、私のパパは、やさしくて、かっこよくて、みえっぱりで、おとなげないところがあり、頭は少々悪い。そんなところでしょうか。

このごろは仕事が忙しいらしく、めったに家に帰ってきません。最後に会ったのはいつだったでしょう。ちょっと思い出せないほど昔です。どうせ浮気してるんだろうな、と私は——そしておそらくママも、にらんでいます。

次はママです。残念ながらママは一流ではありません。若いころはモデルをしていたというその美貌《びぼう》と、おいしいタルトタタンを焼くことにおいては一流でも、それ以外はとてもじゃないけど一流とは呼べません。片田舎《かたいなか》の土地成金の家に生まれ、三流の女子大を出て、モデルとしても三流、一流の旦那《だんな》をゲットして逆転サヨナラホームランでも打ったような気になっている、そんな三流の女性です。

私から見たママは、やさしく、きれいで、みえっぱりで、おとなげないところがあり、頭はかなり悪い。そんなところです。

月に幾度ものサロン通い、クリスチャン・ディオールの香水、かまいたいときだけかまう愛玩物《あいがんぶつ》のマドリーヌ、そしてペットのような娘のまりあ（こんなひどい名前をつけられて、それでも健気に生きているなんて、自分で自分を褒《ほ》めてやりたくなります。この名前を苦に自殺したって、この名前を理由に殺人を犯したって不条理ではないと私は思います）、それが、私の知っているかぎりのママのすべてです。

それから最後に私です。自分で言うのもなんですが、父親譲りの一流の頭脳と母親譲りの一流の美貌を持った一流の子どもです。こんな両親を持ち、こんな家庭で育ったわりには、よくできた子どもなんじゃないかと思います。子どもの領分をわきまえ、子どもらしくふるまい、日夜、大人の望む子どもをうまく演じています。

ちいさなころからピアノとバレエを習い、月曜日は英会話の家庭教師の授業を受けて、火曜日と木曜日は学習塾に通っています。ママのやりたがらない庭の水やりとマドリーヌの世話もすすんでやります。テレビがないと生きられないママにつきあって、低俗なバラエティ番組や、レディメイドなドラマを見てもあげます。

どうでしょう？　かなりよくできた子どもとは言えませんか？

あっ、お寿司屋さんがきたようです。

チャイムが鳴ったので、私はテーブルに置かれていたアメックスのゴールドカードを握りしめて玄関に向かいました。

「あらまりあちゃん、どうしたの？　今日、学校休み？」

寿司桶を持って玄関に顔を見せたおかみさんは、私の顔を見るなり、目尻をうんと下げて笑いました。私が生まれる以前より両親が懇意にしていたようで、おかみさんから見れば「まりあちゃんはあたしの孫も同然」なんだそうです。そんなわけないと思うんですけど。

「ごめんねえ、出前じゃカードは使えないのよう」

クレジットカードを見て、おかみさんは困ったような顔をしました。

わずかな沈黙。私もおかみさんも、おたがいどう出たものか、うかがっているかんじです。

そのとき、リビングのドアをすりぬけて、マドリーヌがひょこひょこやってきました。マドリーヌは私の隣にちょこんと座ると、くりくりした愛らしい目でおかみさんを見あげました。媚《こ》びてます。完全に媚びやがってます。そこで私も、マドリーヌにしたがうことにしました。くりくりしたどんぐり眼《まなこ》をうんと見開いて、言ってることの意味がよくわからない、という顔で首を傾げてみました。

犬と少女のダブル媚び攻撃にあっさり陥落してしまったおかみさんは、

「しかたないわねえ、今日だけ特別ってことでツケにしとくね。お父さんかお母さんが帰ってきたら、そう言っておいて」

やれやれ、といったかんじに首をすくめました。気の良いひとです。

おかみさんが帰ってから、テレビをつけてお寿司を食べました。テレビではお祭り騒ぎみたいなお昼のバラエティをやっています。ネタは新鮮で、シャリは絶妙な甘さで、お寿司はとてもおいしかったのだけど、お寿司についていたインスタントのお吸い物をすするたび、わたしはなぜかとてもむなしい気持ちになって、泣いてしまいそうになりました。

もしかしたら私は、このままひとりで生きていかなくてはならないのかもしれません。毎朝、自分で紅茶をいれて、決められた時間に学校へ行き、おけいこごとへ行き、毎晩お寿司やピザや中華やカツ丼の出前をとって、つめたい夜をひとりで迎える。だれにも縛られず、だれの目も気にせず、ひとりでいられる自由を手に入れたのに、結局私はこれまでどおりの毎日をくりかえしていくのでしょう。インスタントのお吸い物のなさけない味は、私にそれを予感させました。

私はテーブルの上にわりばしを置きました。パシーン、と、ちいさいけれど、はっきりと芯《しん》のある音が響けばよかったのですが、なんせわりばしなのでそうもいかず、こすん、というなさけない音になってしまいました。テーブルの下から、マドリーヌがきょとんとした顔で私を見あげています。

気を取り直し、スリッパをフローリングに叩《たた》きつけるようにして立ち上がりました。パシーン。今度は、期待通りのいい音が出ました。

よし。これで弾みがついた。

「お留守番しててね」

マドリーヌに向かって言うと、私は家の鍵《かぎ》を引っつかんで外へと飛び出しました。

少し考えて、ランドセルも持っていくことにしました。

そうです。普通にしてたら踏みはずせるわけがないのです。とくに、私のように意志のない、保守的な子どもは。

こうなったら、ぐれてやります。徹底的にぐれてやります。「ぐれてやります」じゃ、いまいち迫力が出ません。ぐれてやるぐれてやるぐれてやんぜコラ！

前のめりで住宅街を抜け、私は大通りにあるスーパーまで向かいました。歩いているうちに、親に捨てられて非行に走るだなんてあまりにも短絡的すぎやしないか、もしかしたら親に捨てられたのにもかかわらず涼しい顔してのうのうと暮らしてるほうがよほどぐれてることになるんじゃないか、という考えが浮かんできて、私の足をすくませました。

しかし、ここまでやってきたからには後には引けません。うちのパパとママは人並みはずれたばかなので、少々わかりやすいぐらいでちょうどいいかもしれませんし。私は意を決して、スーパーの中に踏み込んでいきました。

やりたいことがなにもない私ですが、自分からすすんでやっていることがひとつだけあります。万引きです。こんなことを言うと、「ぐれてやる」なんてわざわざ意気込まなくてももうじゅうぶんぐれてるじゃないか、などと思われそうですが、冗談じゃありません。万引きごときでぐれてるつもりになってるなんて、図々しいこと極まりない。それじゃ、ほんとの本気（と書いてマジと読みます）でぐれてる人たちに失礼ではありませんか。

同じクラスの男の子が、どこからか大量に万引きしてきたチョコレイトのにおいのする消しゴムを、じまんげに配りまわっていたのがそもそものきっかけでした。かっこわるい、と私はそれを見て、思ってしまいました。彼にとっての「万引き」は、ただハクをつけるためだけのものでした。本物のワルは、自分の悪行をこれみよがしに言いふらしたりしません。そんなのは、粋《いき》じゃないからです。そう、本物のワルというのは、粋でなければならないのです。

その日の帰りに、私は近所のスーパーではじめての万引きをしました。いろんなフレーバーのある棒付キャンディ。なんでもよかったのです。キャンディでもラムネでもキャラメルでも、なにもお菓子でなくとも。粋に万引きを決められさえすれば、それで。

だれにも見つからないようにと周囲に気を配り、神経をはりめぐらせ、スカートのポケットにキャンディを忍ばせる、あのスリル。そのままなにごともなかったように知らん顔して店を出て、ゆったりした足取りで通りを歩いていきます。決して走ってはいけません。急ぎ足はもっといけない。落ち着いて、落ち着いて、冷静に。何度もくりかえし自分に言い聞かせます。心臓は痛いぐらいばくばく打っています。喉《のど》になにかが詰まったような息苦しさ。指先にまでこまかく震えが走ります。通りをすぎ、ふたつ角を曲がり、公園のベンチに座って、ようやく息をつきます。張りつめた神経がときはなたれるときの、あのなんともいえない快感。長距離走を走り終えたあとのような、倦怠感《けんたいかん》にも似たすがすがしさが、体をみたしてゆきます。

どう？　私のほうがずっと粋でしょう？

とすぐに消しゴムを万引きした男の子のもとへ駆けていって、じまんしたい気もしましたが、それじゃ粋でなくなってしまう。つまらない優越感にひたるためだけに、それからも私は何度か万引きをくりかえしました。万が一、見つかったときの言い訳は、ちゃんと用意してありました。自分のことばっかりでちっとも私のことを考えてくれない両親への反抗だとか、息苦しい毎日から逃れるためにだとか、「心の闇が」だとか、いかにももっともらしく、大人が同情するに足るような言い訳を。

いつものように私はお菓子売場へ直行して、きょろきょろあたりを見わたしました。ビスケットの棚を食い入るように見ているもっさりしたおばさんがひとり、いるだけでした。私は試しに、手に持っていたアポロチョコの箱を床に落としてみました。お菓子を選ぶのに夢中で、おばさんはふりかえりもしません。私はアポロチョコを棚に戻し、棒付キャンディをわしづかみにしてスカートのポケットに忍ばせました。

そのときでした。

「お嬢ちゃん、ちょっとポケットに入れたものを見せてくれる？」

いきなりうしろから腕をつかまれました。痛い。私はちいさく呻《うめ》きました。

ふりかえると、いつのまに、スーパーの青い制服を着た男の人が立っていました。

血走った目で私を見おろしています。整髪料のにおいと、あぶらっぽいにおいがいっしょくたになって、たまらなく臭いです。

「離してよ、痛い！　スケベ！　ロリコン！」

やさぐれモードだった私は、ついつい普段は使わないような言葉を叫んでしまいました。それがいけなかったようです。私の腕をつかむ手にさらに力が入ります。

「言うこときかないと、警察呼ぶよ」

観念して、私はポケットからキャンディを取り出しました。

どうせぐれるつもりだったので、つかまったってかまわなかったのです。それに、私には必殺技の媚び攻撃がありました。自分で言うのもなんですが、私のような優等生の美少女が、「だって、さみしかったんだもぉん」と泣き崩れれば、大人はみな、非難するどころかあわれみいたわることでしょう。

そうしているうちに、夕飯の買い物をしていた主婦たちがわらわらとお菓子コーナーに集まってきました。みんな一様に眉《まゆ》をひそめ、同じ顔をしています。「世間様顔」とでも名付けたくなるような顔。こんな場面ではこんな表情でいるべき、とだれかに演技指導でもされたかのような、のっぺりしたエキストラの顔。

この場にパパとママがいたら、どんな顔をしたでしょうか。思い浮かべてみて、ぞっとしました。想像の中のパパとママも、ここにいる人たちとまったく同じ顔をしていたのです。

「やだ、なんですか、この子がなにかしました？」

なにが起こったのか、一瞬わかりませんでした。

つい先ほど、なめるようにビスケット菓子を物色していたおばさんがいきなり乱入してきて、私をかばうように男の前に立ちはだかりました。この子の母親ですけどなにかっ、と店員に向かってすごんでいます。

え、え、えー⁉

いったいなんでそんなことになるんでしょう。というか、どこをどうしたらこんな醜くもっさりしたおばさんから、頭のてっぺんからつまさきまでぴかぴかに洗練された私のような子どもが生まれるんでしょう。みんながこっちを見ています。大注目です。ちがいます、誤解です、赤の他人です。かんべんしてください。まさかだれもこんなおばさんの戯言《ざれごと》を信じていやしませんよね？

動揺する私におかまいなしで、そのおばさんは、これはゲームなんだ、キャンディの味をあてるゲームをしていたのだ、と無茶苦茶な言い訳をはじめました。マンダリンオレンジ、ストロベリークリーム、すいか……。何十種類もあるキャンディの味を全部おぼえているのでしょうか。すらすらと流れるようにフレーバーの名前をあげていきます。お菓子マニアでしょうか。いやだいやだきもちわるい。オタク反対オタク反対！

その場にいるすべての人たちがこのけったいなおばさんに気を取られているすきに、私はさらにキャンディを三本、ポケットに忍ばせました。

こんなこと言ってしまったらなめたガキだと思われるかもしれませんが、ああ、でも言ってしまいたい。

人生なんてちょろいもんです。

それからしばらく経っても、男につかまれたところがじんじんと痛みました。

わけのわからないおばさんの介入で難を逃れた私は、万引きを終えたあとにいつも立ち寄る公園のベンチに座っていました。西の空がすこしずつ色を変えていくのを見ながら、ママの耳にぶらさがる真珠が夕暮れに染まる様子を思い浮かべていました。かわいそうなママ。うつくしいだけのママ。宝石のような、花のようなひと。そこまで考えたところで、ふいにあのおばさんの顔を思い出し、私はげんなりした気持ちになりました。

彼女の名前は花というそうです。自転車のネームシールにそう書かれていました。はっきり言って名前負けです。ママとは正反対のひと。がさつで、下品で、醜悪。名前しか褒めるところがないので、名前を褒めてやったのに、

「花なんて一瞬だけ、つぼみから花がひらくときだけ重宝されて、枯れたらぽいじゃん」

なんてことをおばさんは言いました。

どうしてだかわかりません。そのとき、急に、しくりとおなかが痛んだ気がしました。

もしかして、と思います。もしかして私はまだなんにもわかっちゃいないのかもしれません。すべてわかった気になって、子どもをばかにして、大人もばかにして、人生をなめくさって生きてる十二歳の私。

私の知らないこと、いまの私には考えも及ばないようなことが、この世界にはまだごろごろしているのかもしれません。その言葉の向こうに、そういったものの存在を感じて、なんだか私はこわくなりました。

「もうこんなことすんじゃないよ。するときは、あれだ、もっと気をつけてしなきゃだめだよ」

おばさんはママチャリにまたがって去っていきました。その背中を、私はずっと見送っていました。

なんだか粋でした。おばさんという生き物と粋という言葉は、私の中では絶対的に重なり合わないもののはずだったのですが、そのおばさんはなんだか粋なのでした。あの域にはまだまだ達せそうもないなあ（ダジャレではないです。念のため）、と判断した私は、潔くやさぐれるのをやめて、公園のベンチでたそがれることにしました。やさぐれるよりたそがれるほうが高度なテクニックが必要でした。なんといっても私はまだ十二歳のぴちぴちなのですから。たそがれるにはまだ早いのです。

けれど、まだ十二年しか生きていないというのに、オレンジ色に空を染め抜く夕陽《ゆうひ》を見てると、なぜかたそがれてしまいます。夕陽の威力はすごいです。郷愁を誘われてしまいます。まだ十二年しか生きていない小童《こわっぱ》が郷愁とか言っててんじゃねえよ、と思われるかもしれませんが、たしかに感じたのです。

通りの向こうにランドセルを背負った子どもたちの姿が見えて、私は家に帰ることにしました。同じクラスの子に見つかったら大変です。ほんとだったら、私はいまごろ家で横になっているはずなのですから。こんなところでたそがれてる場合じゃありません。べ、べつに夕陽を見ているうちにおうちが恋しくなったとかそんなんじゃないんだからね！　かんちがいしないでよね！　とツンデレ気味にだれにともなく――敢《あ》えて言うなら自分自身に――言い訳しながら、私は家への道を歩きはじめました。

私の家は高台のほうにあって、門を開くとレンガ敷きの玄関ポーチがあります。ポーチの階段には、陶器でできた小人や動物の置物がそこかしこに置かれ、薄ら寒い偽幸感が漂っています。まだ私が幼稚園に通っていたころには、こんな置物はなかったように思うのですが、気づいたときにはひとつ増え、ふたつ増え、どんどん増え、無限に増え続け、いまではちょっとしたテーマパークのようになっています。ミッキーもドナルドもいます。ウッドペッカーやスヌーピーまでいます。ＴＤＬもＵＳＪもびっくりです。

玄関の前で鍵を取り出したとき、空気が微妙にしめっていることに気づきました。深く息を吸い込むと、みずみずしいにおいがします。見ると、庭の木々や鉢植えの花がつやつや濡《ぬ》れています。あれ、おかしいな、と思って、私は玄関のチャイムを鳴らしてみました。

しばらく待っていると、

「はーい」

と甘い声をあげて、ママが内から扉を開けました。かわいそうなママ。うつくしいだけのひと。小人にかこまれて暮らす孤独なおきさきさま。

びっくりしていることを悟られないよう、私はにっこり微笑《ほほえ》んでみました。ランドセルを持ってきておいてよかった、と思いました。

「あらまりあちゃん、早かったわね」

ママはよそいきの化粧をしていました。目が覚めるような青のワンピースはおきにいりのマーガレットハウエル。どうしたの？　どこか出かけてたの？　という言葉を飲み込んで、私はもじもじとうつむきました。

「うん、あのう、生理になっちゃって、早退してきたの」

「あら」

たちまち、ママの顔がぱあっと明るくなります。「恥じらいを持って初潮を迎えたことを伝える娘」をうまく演じられたようで、私はほっとしました。

「大丈夫？　どっか痛くない？」

「あ、うん、ちょっとおなかが。でも、大丈夫」

「そうなのね。早くお入りなさい。ああ、どうしましょう。お祝いしなくっちゃ」

はずむような足取りでワンピースの裾《すそ》をひるがえし、先にママがリビングへ戻ってゆきました。私はのろのろと靴を脱いで、そのあとを追います。

ダイニングテーブルの上にあったはずの置き手紙もアメックスのカードもすでに消えていました。食べ残したお寿司も、お吸い物椀もきれいに片づけられています。すべてなかったことみたいに。

「すぐにお茶いれるわね。ミルクをたっぷりいれて飲めば、体があたたまってだいぶ楽になるわよ」

いったいどういうつもりなんでしょう。ママは私がもっと早くに帰っていて、あの書き置きを見たことも、お寿司を取って食べたことも、すべてわかっているはずです。どうしてそのことにまったく触れようとしないのでしょう。すべてなかったことみたいに。

「どうしたの、ママ。庭の水やりするなんて、めずらしいね」

意地悪な気持ちで私はたずねました。お湯をわかそうとやかんを火にかけていたママの肩が、ぎくりと大きく揺れました。わかりやすすぎます。かわいいひと。

「ああ、うん、そうなの、なんだかやることなくって、たまにはいいかしらと思って」

不自然なほど明るい声でママが答えます。アリバイづくりのために水やりしたくせに。とりつくろったような笑顔が、むしょうに私を苛立《いらだ》たせます。

ここからは私の推測です。おそらくママは、家出してやると息巻いて家を飛び出したものの、どうしていいのかわからず戻ってきてしまったのでしょう。だってママは私のママなんですもの。それぐらい娘の私にはお見通しです。自由を手にいれてもやりたいことが見つからない、自主性のない、お人形のような私たち。

でもそれじゃあ、なんにも変わらないままじゃないですか。「もうがまんできない」と飛び出していった、その鬱憤《うつぷん》はどこへやればいいのでしょう。

「あれえ、どうしたの、マドリーヌまで。骨なんかもらっちゃって」

骨の形をした犬用のおやつをくわえたマドリーヌがキッチンのほうからとことこやってきて、私は大げさに驚いてみせました。マドリーヌは現在ダイエット中なので、骨の形をしたこのおやつは、特別なとき――家族のお誕生日や、クリスマスや、お正月などにしかあげないことになっているのです。

そのとき、キッチンのほうから食器の割れる不吉な音がしました。

「きゃーっ、マイセンがっ、マイセンがっ」

ママの叫び声がすこし遅れて聞こえてきます。

破片で怪我をするといけないので、私はマドリーヌをケージの中にいれ、それから階段下の物置から掃除機を運んできました。

「どうしよう。パパに叱られちゃう。どうしよう」

カップのかけらを拾い集めながら、泣きそうな声でママが言います。

掃除機を抱えたまま、私はキッチンにうずくまるママを見おろしていました。

どうして？　どうしてそうなの？

腹が立ちました。ママに対しても、ママをこんなふうにしたままちっとも帰ってこないパパにも、腹が立ちました。それと同時に、恐怖のようなものもうっすら感じました。

このまま大人になってだれかと結婚したら、私もこんなふうになってしまうのかもしれません。ママみたいにはならない、ママみたいにはなりたくない、と思っているのにもかかわらず、私もママと同じ道を歩くことになるのかもしれません。だって、私は、ほかに生き方を知らないのです。私とママは同じです。

急にスーパーの店員につかまれた腕のあたりが痛みはじめました。花なんて一瞬だけ、枯れたらぽいじゃん。おばさんの言葉も耳によみがえります。

「そのカップをママは気にいってたの?」

がまんできないならがまんしなければいいでしょう。失われた永遠を信じて待ち続けるなんて、あわれすぎます。ねえ、ママ。ママはいったいどうしたいの? ほんとはなにがしたいの?

「私はプーさんのマグカップのほうがいい。自分の好きなカップでお茶を飲みたいって、ずっと思ってた」

驚いたような顔でママが顔をあげました。それから、割れたカップに目を落として、

「言われてみたら、そうね、そういえば。だって、マイセンだし、いいものだとばかり思ってたから……」

夢から覚めたような顔つきで言いました。

「ママ、素手で拾ってたら危ないよ。ゴム手袋はめて、掃除機で吸えないような、おっきな欠片《かけら》だけ拾って」

ふたりで協力して割れたカップを片づけ、掃除機をしまおうと顔をあげたところで、

「あ」

流しの脇《わき》に伏せてあった寿司桶を見つけて、私は思わず声を漏《も》らしてしまいました。

「あ！　あ、あ、あー！」すかさずママが叫びました。「パパに電話しなくっちゃ！　そうしなくっちゃ！」

わざとらしく言って、電話台のところへ駆けていきます。私は深々とため息をつきました。

ママはこういうひとです。いつでもどこでもどうしていいのかわからないひと。臭いものには蓋《ふた》をしろとばかりに、逃げてばかりで現実に向き合おうとしないのです。私は憎しみといとしさをこめて、ママの背中をにらみつけました。

「あ、あなた？　今日はどうしても早く帰ってきてねお祝いごとがあるのくわしいことは帰ってから話すから、ぜったいぜったいぜったい帰ってきてねっお赤飯炊くからねっ」

おそらく留守番電話に切り替わったのでしょう。おっとりしたママにはめずらしく早口になって、一息でまくしたてています。

「どうして赤飯なんて炊くの？」

電話を切ったママに、私は言いました。

「どうしてって、だって、そう決まってるんだもの」

きょとんとした顔でママがふりかえります。

「だからどうして決まってるって決めつけるの。そんなの変じゃない。私、赤飯なんてぜんぜん好きじゃない。私のお祝いなのに私のきらいなものつくるなんて、意味ないじゃない」

「え、え、だって、そんなこと言われてもどうしたらいいの。ママ困っちゃうわよう」

おろおろとして、ママはマドリーヌのケージのほうへ歩いていきました。マドリーヌをぎゅっと抱き上げて、めちゃくちゃに撫でまわします。ぐえっぐえっ、とマドリーヌが迷惑そうな声をあげています。

「どうしていいのかわかんないのは私もおんなじだよ。そこで考えるのやめちゃったり、逃げ出したり、だれかに頼ったり、マドリーヌで気をまぎらせたり、これからもママはそんな調子でやっていくつもりなの？」

私はつとめて落ち着いた声で言いました。マドリーヌの長い毛をもじもじと指に巻きつけながら、ママが私を見ています。

「もうがまんできないって家出したくせに、なんで戻ってくるの？　あの手紙を読んだ私の気持ち、どんなだったかママにはわかる？　なんでなんにもなかったような顔してるの？　なんでそうやって、いっつもいっつも逃げてばっかで――」

冷静に、冷静に、と思っていたのに、最後には声をはりあげていました。腕が痛いです。熱いです。なんだか泣きそうです。

ずっとずっと、腕をつかまれているような気がしていました。生まれたときからずっとそうだったのです。目に見えない大きな手に阻まれ、私はどこにも行かれませんでした。

「ごめんね。まりあちゃん、ごめんね」

マドリーヌを抱いていないほうの手が伸びてきて、私をそっと引き寄せました。少女のような、やわらかくて甘い抱擁《ほうよう》。

私はママにしがみついてわんわん泣きじゃくりました――なんてことはありませんでした。そんな、安っぽいホームドラマじゃないんですから、恥ずかしくてやってられません。

「ママが出ていかないんだったら、私が出て行く！」

ママの手をふりはらい、私はリビングを飛び出しました。階段を駆け上がり、自分の部屋のドアを開けます。うしろから足音がついてきていましたが、かまわずたんすの抽斗から下着と靴下、てきとうな着替えを引っぱりだし、でたらめにかばんに詰め込んでいきます。宿題の問題集も忘れずにかばんに押し込みます。あ、明日の時間割も用意しなくっちゃ。

「待ちなさいっ、まりあちゃん!」

乱暴に扉を開ける音がして、私はふりかえりました。血相を変えたママと、なにごとかわからないまま興奮してきゃんきゃん吠《ほ》えているマドリーヌの姿がありました。

「止めたって無駄だよ。もう出て行くって決めたから」

「あら、止めたりなんてしないわよ。ママもいっしょに行くんだもん」

「へっ?」

「マドちゃんも連れて行かなくっちゃね。あ、まりあちゃん、そんな大荷物持っていかなくてもいいわよ。高島屋でじゃんじゃん買い物しちゃいましょう。なんてったって、私たちにはアメックスがついてるわ。まりあちゃん、知ってた? この金ぴかのカードは魔法が使えるのよ」

そう言って、ふふふと笑ったママは、これまででいちばんおそろしく、ふてぶてしく、うつくしく見えました。そして、震えがくるぐらい粋でした。

私たちはタクシーを呼んで家出を決行しました。タクシーに乗り込んですぐ、ママはこのあたりでいちばんいいホテルの名前を告げました。いい女はゴージャスに家出するものなのよ、おぼえておきなさい。そう言って、私にばちんとウィンクまでします。なにかを吹っ切った女ってこわいのかも、と私はこっそり思います。

「そういえばママ、ホテルに泊まるのはいいけどペット同伴で大丈夫なの？」

「あっ！　そうかも。よく気づいたわね、まりあちゃん。マドちゃんいっしょだと泊まれない場合もあるかもしれないわ。どうしよう。せっかくスウィートに泊まろうと思ってたのにぃ」

　自分のことを言われてることに気づいてないのか、マドリーヌがキャリーバッグの中からまぬけな顔をのぞかせています。

「どこか旅行会社に寄ってもらって、そこで探してもらおう」

　昔、ママが夢中で見ていたドラマにもこんなシーンがあったことを思い出しながら、私は言いました。たまにはテレビも役に立つようです。

「すごいわ、まりあちゃん。天才じゃないかしら。私の娘とは思えないほど賢いわね。運転手さーん、そんなわけで、どこでもいいのでてきとうな旅行会社に寄ってもらってもいいですかあ？」

　いつも渋滞しているはずの大通りを、なぜか今夜はするするとタクシーが滑っていきます。私たちの出立をお祝いしてくれているみたいに。

さらりとした夜でした。さらさらと、こわいくらいに軽やかな。後戻りは許さない。そう言われているような。

窓の外を、夜を彩るネオンサインが流れてゆきます。眺めているうちに、私はいろいろなことを思い出していました。

タルトタタンの焼ける甘い香り、キッチンからママの呼ぶ声、パパの大きな手のひら、ブラッシングしたあとの、絹のようになめらかなマドリーヌの毛並み。みやびくんの長いまつげ、クラスの女の子たちのぎゅうひみたいにふかふかした頰、媚びた上目づかい、校庭の端から端までを一気に駆け抜ける男の子たちのしなやかな足、下品な笑い声、先生の黒板の色づかい、チョークで汚れた指先。いろとりどりの感情を呼び起こす、私のちいさな世界。

わっとあふれます。わっ、わっ、と次から次にあふれて止まりません。

ついさっきまでそこにいたはずなのに、なぜかとても遠い世界のことのように感じられました。なんていとしくて、なつかしい日々。これこそが、ほんとうの郷愁なのでしょうか。ママに見つからないよう、私はにじんできた涙をそっと拭《ぬぐ》わなければなりませんでした。

「ねえ、まりあちゃん。ホテルに着いたらどうしようね？」

反対側の窓から夜の街を眺めていたママが、ぽつんと言いました。私は気を取り直して、明るい声を出しました。

「そうだなあ。マドリーヌには部屋で待っててもらって、まず高島屋に行って買い物しよう。着替えを買って、マドリーヌにもおみやげに新しい服を買ってあげよう。地下でおいしいケーキも買おう。シュークリームも食べたい。バームクーヘンも。ドーナツも。いっぱい買っておいてあとで部屋で食べようよ。ごはんはどうしようね。ママはなにが食べたい？　おなか空いちゃったな」

うん、うん、そうね、そうねえ、と相槌《あいづち》を打ちながら私の話に耳を傾けていたママは、窓のほうに顔を向けたまま、

「それで明日は？　明日はどうするの？」

重ねて訊《き》きました。首筋から肩にかけてのなめらかなラインが、こころなしかかたくなってるかんじがしました。

今日は高島屋で好きなものを好きなだけ買って、好きなものを好きなだけ食べて、甘いものにまみれてホテルで眠ろう。

じゃあ明日は？　明後日は？　明々後日は？　その次は？　その次の日は、どうす

るの？

足の先が凍っているように感じられました。軽くなったはずの体がつめたく冷えてゆきます。

学校はどうするの？　ホテルから通うの？　塾は？　ピアノのレッスンは？　ホテルにピアノは置いてないだろうし、ああ、庭の花や木の世話はだれがすればいいんだろう？

「…………」

私は答えられませんでした。答えられないまま、暗い足元に目を落として、よそゆきの赤い靴の中でつま先を丸めたり伸ばしたりしていました。

「やっぱりママ、家に戻るわ」

「えっ？」

びっくりして、つま先が丸まったまま、かたまってしまいました。

「明日からのことを考えると、なんだか途方に暮れちゃわない？　だったら家にいて、明日のお献立考えてたほうがいいなあって、いま、ふと、思っちゃったの」

「でもママ、それじゃあ……」

「楽なほうに逃げてるわけじゃないわよ。このまま家出してみたところで、それだって逃げてることになるんじゃないかしら。まりあちゃんが言ったんじゃないの、もう逃げないでって。ママ、しみちゃったわ」

やっとママがこちらを向いてくれました。街の灯が、うつくしい顔を照らし出します。

「まりあちゃんの言うとおりよ。ママ、だめだった。ずっとそうだった。でももうやめる。逃げるの、やめにする。帰って、パパとちゃんと話し合ってみる。こんな脅すみたいな形で逃げたりしないで。そうしたほうがきっといいわよね？」

私はまた、泣いてしまいそうになりました。ああ、夜の街は、夜のタクシーは、なんてむやみに人を感傷的にさせるのでしょう。夕陽と同じぐらいの破壊力です。

ここから逃げ出してどこかへ行ったところで、結局私たちはまた、そのどこかからさらにちがう場所へ逃げ出すでしょう。ここで踏んばれなきゃ、どこへ行ったっておなじなのです。ここで生きていくしかないのです。

「大丈夫。どっかでアパートを借りてふたりで細々と暮らそう。あ、でも慰謝料はたんまりもらわなきゃだめだよ。養育費もね。庭の小人たちはさすがに連れていけないけど、マドリーヌだけはいっしょに連れていこう。いいよね？　もうあんな小人たち、私たちには必要ないもんね？　ママきれいだし、離婚したってまだまだぜんぜんいけるよ。たとえコブつきでも、私はそんじょそこらのコブとはわけがちがうもん。こんなかわいくてよくできたコブ、探したってそうそういないよ。むしろコブ目当てでママに求婚してくる人だっているかもよ。あーでもそれだとロリコンのおそれがあるから私の身に危険が……」

笑ってもらいたくて、冗談のつもりでしゃべっていたのに、私の漏らした「リコン」という響きに、ママはわっと泣き出してしまいました。

「ひどいわ、まりあちゃん、離婚だなんて、どうしてそんなこと言うの。離婚なんて、離婚なんて、子どもにそんなこと言われるなんて。ママ、離婚なんていやよ。自分のことコブだなんて言わないでよ。ロリコンなんてもっと最悪よ。どこでおぼえてきたの、そんな言葉。ひどいわよ、ひどい、ママ傷ついちゃうわ」

「ごめんごめん、冗談だってば。ごめん、ママ。泣かないで」

何度謝っても、ママはしゃくりあげていました。なにを言っても無駄のようでした。ママ、泣きたいのであればいまは泣いてください。たまにはこうやって、感情を爆発させることも大事ですもんね。

そうして、つられて私も泣いてしまいました――なんてことはなく、私は、ママの耳にぶらさがった真珠がちらちら揺れるのを、ただ眺めているだけでした。

「どうしていいのかわかんなくなったら、とりあえずお茶を飲もう」

ママのいれてくれる甘いミルクティが恋しくなって、私はそんなことを口走ってい
ました。

「今日はどの茶葉にするとか、どのカップで飲むとか、お砂糖はいくつ？　お茶請け
はどうする？　スコーンにはどのジャムを塗る？　そうやってすこしずつ決めてけば、
すこしずつ、どうすればいいかわかるよ」

そうです。きっと、そうなのです。

袖《そで》のふくらんだ丸襟《まるえり》のブラウス、ひらひら風に揺れるやわらかな素材のスカート、
花柄のハンカチ、胸元にレースのついた一〇〇%コットンの肌着、わくわくするよう
な赤い靴。

おきにいりのものを決めていく。そのひとつひとつが、その軌跡が、私を形作るは
ずです。

無理にはみだそうとしなくても大丈夫。尊重されるような個性なんてくそくらえで
す。ちゃんと目を開いて見わたすだけでいいのです。

どうしていいのかわからなくなったら、立ち止まってよく考えて、よく見て、よく
触る。そうすれば、おのずと次の一歩を踏み出す場所がみえてきます。ぺたんぺたん

ぺたん、そうやって足跡をつけていくのです。

タクシーをUターンさせて家に帰る道はひどく混んでいました。遠くのほうまで連なるテールランプが、これから私のゆく道を照らしてくれている。そんな気がして、ふふふ、と私は笑ってしまいました。

ポケットの中に手を入れると、チョコバナナ味とプリン味のキャンディ。カラフルな包装を剝いて、一本、ママに渡します。キャンディは、とろりと甘くて、頰がぴりりと引きつりました。

虫歯になっちゃうから帰ったらすぐに歯をみがくのよ。キャンディを口に含んだままのこもった声で、ママが言いました。

もうすぐ春が

指先がつめたかった。

校庭の一角にあるプレハブ建ての部室から片岡が出てきた瞬間、昇降口からダッシュしていって、校門の手前で隣にならんだ。そのときちょっとだけふれあった指先がつめたかった。

「今日、塾ない日だよな」

片岡の白い息がほわほわと舞う。

「うん、塾、ない日」

答えるわたしの息もほわほわと舞う。

頭の上でわたしたちの息が混ざりあった。混ざったからといってそれはもくもくとはならず、やっぱりほわほわしていて、すぐにほわほわ消えた。

そのままわたしたちはならんで校門をくぐり、今日学校であったこと、昨日見たテレビのこと、片岡に借りた漫画のこと、わたしの貸したCDのこと、またすこし伸びた片岡の背のこと、切りすぎたわたしの前髪のこと、そんなことを話しながら通学路を歩いていく。ときおり、つめたくかわいた風が吹いて、わたしたちのあいだを通り抜けていった。

「ん」

コンビニにたどりつくと、片岡が右手をグーの形にしてふりかえった。

「ん」

わたしも右手をグーにして突き出した。

じゃんけんで負けたほうがおやつの調達に行く。それがわたしたちのルールだ。今日も片岡の負け。これで三連敗。

力を込めてくりだしたパーがわたしのチョキにあっけなく敗れ、片岡は声にならない声をあげた。力が入りすぎて筋ばっているパーをそのまま自分の顔にはりつけてくやしがっている。それを見てわたしは笑う。きゃははは、ばあか、じゃんけん弱すぎだよ。つめたい空気が気管に入り込んで、胸がすうっと冷える。

片岡がコンビニに入ってから、わたしは駐車場の車止めに座り込んだ。空を見あげると、群青色とピンクがきれいなグラデーションになっていた。

この色をそのまま抜き取ったようなドレスが欲しいな。そう思ったら、すぐにそれを片岡に言いたくなった。

ふりかえると、片岡は雑誌コーナーで漫画を立ち読みしていた。わたしは立ち上がって、ガラスを叩《たた》く。こちらに気づいた片岡が、片岡の好きなパンクバンドのボーカルみたいに中指を立てて顔を歪《ゆが》ませる。

わたしはまた笑う。片岡といると、いつも笑いすぎておなかが痛くなる。夕暮れ色のドレスが欲しいだなんて、そんな乙女チックなこと言ったりしたら、きっと片岡はわたしをばかにするだろう。おまえばかじゃねーの、そんなげいのーじんみたいな服いつ着るんだよ、なんて言って。中学生の男の子なんてただのガキだ。

「肉まんとあんまんとどっち？」

コンビニから出てきた片岡が、わたしの鼻先でポリ袋を揺らした。

「メインに肉まん食べて、デザートにあんまん」

カフェオレのあったかいのを受け取りながら大真面目《おおまじめ》にわたしが答えると、なんだよそれ、なんちゅーわがままだよ、とぶつぶつ文句を言いながら片岡が肉まんを割ってくれた。

ふたりでひとつの車止めに座って、あつあつ言いながら肉まんを食べた。制服のスカートから飛び出した膝《ひざ》が白っぽくなっているのを見つからないように、短いスカートの裾《すそ》を引っぱった。切りすぎた前髪が風に吹かれておでこが全開になるたびに手でおさえた。右側に片岡の温度があって、あったかかった。

片岡の口数が少なくなったのには気づいていた。学生服の膝が小刻みに揺れているのも。

半分に割ったあんまんを片岡は一口で口に入れて、一気に缶コーヒーで流し込んだ。それが合図だった。あわててわたしも、ぬるくなったカフェオレに口をつけた。飲みきれなくて、半分以上残っていたけれどそのままゴミ箱に捨ててしまった。

片岡がわたしの目を見ないで歩き出す。どこに行くのか、わたしは知っている。真っ向から吹いてくる風を受けながら、前髪をなおすこともしないで、わたしは片岡の後を追う。

住宅街の坂道をのぼっていくと、ピンク色の壁の大きなマンションが見えてくる。すぐ手前の公園にはちいさな池があって、冬がやってくるまではよくそこで、池の魚に給食の残りのパンをやったり、石投げをしたりして遊んだ。

片岡に続いてマンションのエレベーターホールを突っきり、非常階段を駆けのぼる。

二段抜かしでどんどん先にいってしまう片岡を必死で追いかける。四階と五階のあいだにある踊り場で、ようやく足を止めてふりかえった片岡はやっぱりわたしの目を見ない。わたしはぜいぜい息を弾ませながら、上下する片岡の肩をぼんやりと見る。

片岡の顔が近づいてきて、ごちん、と唇より先におでこがぶつかった。思わず笑いそうになってしまったけど、片岡がこわばった顔をしていたから急いで笑いを引っ込めた。

もう一度、今度はゆっくり片岡の顔が近づいてくる。わたしは目を閉じて、片岡のつめたい指に自分の指をからめる。埃《ほこり》っぽい非常階段の中で、わたしたちはほんのすこし唇がふれあう程度のかたいキスをする。つないだ指先から振動が伝わって、甘い痺《しび》れがからだに走る。もう何度もしているはずなのに、いつまでも慣れない。

目を開けるとすぐそこに片岡の顔があった。どうしていいのかわからない、という顔をしていた。

焦《じ》らすことだってできた。知らんぷりして逃げることだってできた。でもわたしはそうしなかった。

「こっち」

片岡の手を引いて、わたしは階段に腰かけた。スカートの中に手を入れて、さっと下着を脱ぎ取る。お母さんが近所のスーパーで買ってきたへんな柄のパンツだったから、片岡に見られないよう丸めてポケットに突っ込む。ズボンとパンツをすこしだけずりおろして、片岡がかぶさってくる。ごちん、ごちん、と何度もかたいキスをしながらセーラー服の上からわたしの胸を揉《も》み、スカートの中に手を伸ばす。その性急さが、拙《つたな》さが、いつもかなしくていとしかった。

「ゴムつけて」

わたしの言葉に、片岡はあわてて制服の胸ポケットからコンドームを取り出した。じゃんけんで負けてもないのにわたしが買って、片岡に渡したものだ。わたしの視線に気づいて、片岡は気まずそうに背中を向けた。

一度も視線をからませることなく、わたしたちはそこで交わった。

肉を突き破って、片岡が入ってくる。その瞬間、いつもわたしは不思議な気持ちになる。なにか特別なことをしているようにも思えるし、別にたいしたことではないようにも思える。引きつるような痛みに耐えながら、なんだかボランティアしてるみたい、と思う。裂けるように痛くてぜんぜん気持ちよくなんてないし、片岡が動くたびに階段のとがったところが背中に刺さる。わたし、なんでこんなことしてるんだろう。片岡はどうしてわたしをこんな目に合わせるんだろう。わたしのこと、好きって言ったくせに。

片岡の荒い呼吸がすぐ近くにあった。片岡の熱い体がすぐそこにあった。

なのにとても寒い。凍えるぐらい寒い。

片岡の動きが速くなって、耳元で呻《うめ》くような声がした。それで、終わったんだとわかった。

挿《い》れたまま、片岡が唇を寄せてきた。唇を割って舌が入ってくる。わたしはどうしていいのかわからず、身をかたくした。わたしの口の中を迷子みたいに彷徨《さまよ》っていた片岡の舌は、すぐに逃げるように出ていった。片岡もどうしていいかわかってないみたいだった。

「肉まん、あったかかったね」

コンドームを始末する片岡の背中に、わたしはぽつんと言った。

片岡はそれには答えず、ズボンをずりあげると、わたしをふりかえって、へへへ、と笑った。目を背けたくなるぐらい卑屈な顔だった。目の前にいる男の子がだれなのか、一瞬わからなくなった。片岡のこんな顔、見たことがなかった。

「帰ろっか」

どちらからともなく言って階段を下りはじめたとき、そっとふれあった指先は氷のようにつめたかった。

非常階段にたどりついたのは、まだそこかしこに夏の気配が残っている秋のはじめだった。

あの日、わたしたちは学校帰りに公園に立ち寄って、体育祭で踊るダンスの練習をしていた。ぱらぱら降り出した雨が西陽《にしび》でほてった肌に心地よかった。

次第に強くなってきた雨から逃れるために、わたしたちは学生鞄《かばん》を抱えてすぐ近くのマンションに飛び込んだ。エレベーターホールで濡《ぬ》れた髪を拭《ふ》きながら、いつものようにふざけたことを言いあって笑っていたら、ちょうどエレベーターから出てきたマンションの住人に怪訝《けげん》な顔で見られた。

わたしたちはしかたなく、鉄の重たい扉を開けて非常階段に逃げ込んだ。非常階段の中は薄暗く、埃っぽい空気が澱《よど》んでいた。遠いところから雷の落ちる音が聞こえてきて、雨音がいっそう激しさを増した。

「雨が降ってると、閉じこめられたような気分になっちゃうね」

追い詰められたような気分になって、わたしは言った。

「そうかあ？　よくわかんねえ。それよりさ、せっかく階段あるんだからじゃんけんゲームしようぜ」

片岡がグーにした手をわたしの顔の前でぶらつかせた。なんとなくしんみりしてしまっていたのが、それで一気にふきとんだ。

「じゃんけんゲームって。子どもみたい」

わたしは笑った。片岡が隣にいれば、どんなときだって笑える。

「グーで勝ったらグ、リ、コ、だろ？　チョキで勝ったらチ、ヨ、コ、レ、イ、ト、パーはパ、イ、ナ、ツ、プ、ル」

ルールの説明をする片岡に、わたしはけらけら笑い続けた。なんでグーはグリコなの、他はチョコレイトとかパイナップルなのに、なんでグリコだけグリコなの、会社名じゃん、へんなの。たったそれだけのことがおかしくて、いつまでも笑っていられた。言われてみりゃそうだよな、へんだよな。つられて片岡も笑い出した。わたしたちの笑い声が非常階段に反響した。

どこからか鍵《かぎ》を開ける硬質な音が聞こえてきて、しっ、と片岡が唇の前に人差し指を立てた。マンションの廊下を歩くだれかの足音が響いてくる。わたしたちはしばらくのあいだ、ぴったりと身を寄せあって、手すりの陰に隠れていた。

やがて雨音以外なにも聞こえなくなって、わたしたちはほっと息をついた。顔をあげると、息がかかるほど近い場所に片岡の顔があった。青白い蛍光灯の光に照らされた、髭《ひげ》のぶつぶつや、膿《う》んだニキビや、震えるまつげ。

くる。

と思った次の瞬間には、ごちんとキスをしていた。

かっと体が熱くなったのは一瞬で、すぐに寒気がこみあげてきた。雨で濡れた制服が肌に貼りついて、気持ち悪かった。翌日、わたしは熱を出して学校を休んだ。

それからずっとだ。それからずっと、わたしたちはこの非常階段でキスをしたり、おたがいの体を触ったり、舐《な》めあったり、抱きあったりしている。こわいような気持ちで、震えながら、くりかえしくりかえし、そうしている。

片岡にコンドームを渡したのは、生理が遅れてると気づいてからだ。

最後に生理がきたのは二学期の期末テスト初日だった。よりによってなんでこんな日に、と朝からブルーになったから、よくおぼえている。もう二月もなかばにさしかかっているというのに、それから一度もやってきていない。

十代のうちは周期が安定しないこともある、と保健体育の教科書には書かれていたけれど、なんの気休めにもならなかった。わたしの場合はわりと安定して、毎月きちんときていたから。

初潮をむかえたのは小学校五年の春だった。

放課後、玄関先にランドセルを放り出して駆け込んだ家のトイレで、下着にうっすら赤いしみがあることに気づいた。同級生のだれかが初潮をむかえたなんてまだ聞いたことがなかったから、わたしは興奮した。テストでいちばんの成績を取ったとか、徒競走でいちばんにゴールを切ったとか、そういうのと同じ、だれがいちばん早く大人になれるか？　よーいドン。その勝負に勝ったんだと思った。

「女の子になっちゃったみたい」

トイレを出てすぐに、お母さんのパート先に電話した。「初潮がきた」「生理がはじまった」「パンツに血がついていた」ほかにいくらでも言いようはあったのに、わざわざそんな芝居がかった台詞《せりふ》を選んだ。優越感で恍惚《こうこつ》としていたそのときのわたしには、それがいちばんベストでスマートな台詞に思えたのだ。

その日、お母さんはスーパーで出来合いの赤飯を買ってきた。週末にはおばあちゃんが小豆《あずき》を炊いて、おはぎをつくってくれた。これで大人の仲間入りね、おめでとう。同じ屋根の下に暮らしているふたりの女からやっと認めてもらえたような気がして、わたしはただただ嬉《うれ》しく、誇らしかった。羞恥心《しゅうちしん》などみじんもなかった。

はじめてセックスしたときもそうだった。男の子とつきあってる子はクラスにも何人かいたけれど、みんなたいていキス止まり、その先までしてしまった子はいなかったから、競争に勝ったのだという優越感でわたしはまた気持ちよくなった。脚のあいだがいつまでもじんじん痛くて、ひとりで行為を思い出してはにやにやした。片岡とわたしの体液や血液のしみこんだ下着を風呂場で洗いながら、何度も叫び出したいような衝動にかられた。お母さん、おばあちゃん、聞いて、聞いて、わたし今日セックスしたの、わたし女になっちゃったよ。

そんなふうにばかみたいに浮かれてたのが、いまでは遠い過去のことのように思える。

まさか自分が妊娠するだなんて。まさか片岡がだれかを妊娠させられるなんて。考えてみればあたりまえのことだった。セックスをすれば子どもができる。それぐらい知っていた。知っていたのに、自分たちにもその可能性があるなんて考えもしなかった。

わたしはもう子どもじゃない。でも子どもだからセックスしても妊娠したりしない。矛盾したふたつの思い込みを、かたくなにわたしは信じていたのだ。

いったい、ひとは、いつ、どのタイミングで大人になるんだろう。完璧な大人に。

生理がきたら？　セックスしたら？　子どもができたら？

それともまだ他にあるんだろうか。わたしの知らない、なにか、大人になれるタイミングが。

「やだ、あんた、まさか風邪《かぜ》引いたんじゃないわよね」

食卓でお茶をすすっていたお母さんがいやそうな顔でわたしを見た。くしゃみをしただけでその反応はなんなんだろう。わたしは焼きすぎたトーストを飲み込んで、ずずっと鼻をすすった。

「もうすぐ受験なんだから、気をつけなきゃだめよ」

そう言ってお母さんは、戸棚の奥から病院の袋に入った薬を引っぱり出してきた。袋にはお父さんの名前が書かれている。

「えー、それこないだお父さんがもらってきたやつのあまりじゃん」

「なに言ってんの。こんなのだれが行ったっておんなじもの処方されるんだから、飲んどきなさい。あんた、中学生のわりにおっきな図体してるからちょうどいいわ。ねえ、おばあちゃん。ほんと最近の子は体ばっかり大きくてねえ、やんなっちゃうわよねえ」

なにが「やんなっちゃう」んだろう。お母さんの言うことはときどき意味がわからない。話しかけられたおばあちゃんは、朝のワイドショーに見入っていて、聞いてるんだか聞いてないんだか、ああ、そうねえ、とてきとうな相槌《あいづち》をうっている。

「風邪じゃないし。寒気とかぜんぜんないもん。たぶん花粉症だよ。さっき天気予報でもちらっと言ってたじゃん。もう花粉きてるって」

「花粉って、まだ二月じゃないの。そんなに早かったかしらねえ」

「テレビでそう言ってんだからそうなんでしょ」

わたしはちょっといらいらして、切りつけるように言った。花粉ねえ、二月なのにねえ、もうそんな季節なのねえ、とお母さんはお茶請けのかりんとうをかじりながら、もごもご言っている。

「今年の冬はあったかかったね。このまま春になるんだね」

テレビを見ていたおばあちゃんがこちらに向きなおって、耳がきんとするほど大きな声をあげた。唾《つば》が頬《ほお》にかかって、わたしはそれと悟られないようにセーラー服の袖《そで》でそっと拭《ぬぐ》った。

「ほんともう春よね。今日なんてずいぶんあったかいわよね」

おばあちゃんに負けじと大きな声を張りあげてお母さんがうなずく。よく言うよ、今朝起きていちばんに「おお、寒ぅ」とか言いながらファンヒーターのスイッチ入れてたくせに。

「もうすぐ春がくるよ。もう、すぐそこまできてるよ」

こっくりこっくり何度も首を揺らし、歌うような調子でおばあちゃんが言った。

「高校行ったら、おれ六時起きだぜ？　こっからだと電車一回乗り換えて、そっからバス。なんであんな遠いとこにしちゃったんだろ。あーもーさいあく」

「推薦もらっておいてそういうこと言わないでよ。いいなあ、片岡は。もう勉強しなくていいんだもん。あーあ、受験やだなあ」

一心不乱にお好み焼きのタネをかきまぜながらわたしたちはしゃべっていた。

片岡がようやく連敗を脱出したので今日はわたしのおごりだった。このあいだの模試がいい出来だったので、お母さんが臨時のおこづかいをくれた。それで片岡とお好み焼きを食べようと思っていたのに、片岡がなかなかじゃんけんで勝ってくれないから長いことおあずけになっていたのだ。

県外の私立高校に推薦で合格した片岡は、いまは勉強もせずに気まぐれに部活に出たり、こうしてわたしと遊んでいたりする。来月、地元の公立高校を受けることになっているわたしは、ほんとならこんなとこでお好み焼きを食べてる場合じゃないんだけど、塾のない日はついつい片岡の誘いに乗ってこうして遊んでしまっている。受験まであとわずか。時間がないのに、時間がないから。

「つってもさー、そんなのいまだけじゃん。あと一ヶ月もしないうちに受験終わるし。おれの六時起きは三年間も続くんだぞ。まじさいあくだよ。おっ、もういいよのっけて。おれのゴッドハンドがもういいって言ってるよ」

鉄板の上に手をかざして片岡が言った。

「ゴッドハンドってなにそれ」

わたしは笑って、自分のエビ玉を鉄板の上に流した。じゅわじゅわと盛大に音がして、おお、なんかテンションあがるな、と調子のいい声をあげながら片岡も自分のブタ玉を鉄板の上に流す。

鉄板を挟んで向かい合わせに座ったわたしたちは、しばらくなんにも言わないでふたつのお好み焼きを見おろしていた。やがて、

「おれ、もっと勉強しとけばよかったな」

自分のブタ玉だけこてで形を整えながら片岡がため息をついた。

「そしたら同じ高校行けたのに、なっ」

なっ、と同時に、お好み焼きを引っくりかえす。まだ早かったのか、片岡のブタ玉は鉄板の上で無残に砕け散ってしまった。

「うわあああああ！　しまった！」

奇声をあげる片岡に、カウンターに座って週刊誌を読んでいたお店のおばちゃんが大きな声をあげて笑った。

「だからおばちゃんが焼いたげようかって言ったのに」

「おかしい。こんなんじゃない、いつもはもっとうまく焼けるのに。おれの手はゴッドハンドなのに」

「そうかいそうかい」

ふたりのやりとりがおかしくて、わたしは笑った。

ゴッドハンドは言い過ぎだけど、たしかに片岡はお好み焼きを焼くのがうまい。いつもならこんな失敗しないはずなのに、どうしちゃったんだろう。しくった、完全にしくった、とぼやきながら砕け散ったお好み焼きをまとめている片岡をちらりと見て、わたしはそんなことを思う。

お店の天井から吊《つ》り下げられたテレビでは、何年も前にやっていたドラマの再放送が流れている。黄色く変色したあぶらっぽい壁紙、がたがたして座りの悪いパイプ椅《い》子《す》。カウンター脇《わき》の棚に並んだ一ヶ月分のジャンプやヤンマガはあちこち破けて、かつおぶしと青のりまみれになっている。鉄板の熱気の向こうでゆらゆら揺れている学生服の肩。香ばしいソースのにおい。

いつもと変わらないはずだった。なにもかも同じ、そっくりそのまま保存してあったみたいになんにも変わらないのに、わたしたちの気持ちだけがちがう。

こんなふうに笑っていられるのなんて、今日が最後かもしれない。ふと、そんな気がした。

今日が最高。今日が人生の絶頂。そんなふうに感じるのは、わたしのくせみたいなものだ。いつどの瞬間でも、片岡が隣にいるだけでわたしはそう感じてしまう。今日が最後だなんて、これまで一度だって思ったことはなかった。できるかぎり長く、できることならずっと、そう願っていたはずだった。

「片岡、わたしの、引っくりかえしてよ」

自分でも驚くぐらいの大きな声が出た。びくっとしたように片岡がこちらを見る。またやってしまったみたいだ。

このごろたまに、うまいことトーン調整できなくなることがある。水の中にいるみたいに音が遠く感じられて、自然と声が大きくなってしまうのだ。そのたび、家族やクラスメイトたちがあからさまに気味の悪そうな視線を向けてくるので、自分でも自覚するようになった。いきなり大きな声出さないでよ、とはっきり言ってくる子もいたし、やだ、どうしたのぉ？　と心配そうに顔を覗《のぞ》きこんでくる子もいた。けれど片岡はなにも言わない。

「やべえよ、おまえのもう焦げてんじゃないの」

軽く受け流して、なかったことにしてしまう。

「やだやだ、早く引っくりかえしてよ、おねがい、早く早く」

だからわたしもそれに従う。

ジョッキのコーラを一口飲んだら、ごきゅっという音が耳の奥で大きく響いた。

青のりを歯にくっつけたまま、わたしたちはキスをした。片岡のかわいた唇を舐めると、海苔《のり》ではなくノリっぽい味がした。

「ノリみたいな味がする。あの、くっつけるほうのノリね。スティックのほうの」

ダジャレかよ、と鼻で笑い飛ばしてくれると思ったのに、片岡はなにも言わず、痛いくらい真剣な顔でセーラー服の中に手を入れてきた。アンダーシャツをまくりあげ、肌にじかに触れるつめたい手の感触にわたしは飛びあがりそうになった。

「片岡」

呼びかけても片岡は答えない。ぼさぼさに伸びた髪のあいだから、ほんのりピンク色になった耳がのぞいている。かわいい。手を伸ばして触れようとしたら、ブラジャーのホックをはずされた。

なんでなんだろう。ブラジャーのホックをはずされるたび、わたしはいつも屈辱的な気持ちになってしまう。

「あったけえ……」

片岡のつめたい手がわたしの乳房を包み込む。そのつめたさに、じっとしていられなくなってわたしは片岡にしがみついた。

もうすぐ春がくる。春がきたら、こうやって片岡と頻繁に会うこともなくなるだろう。

わたしたちはそれぞれ新しい生活をはじめる。新しい学校、新しい制服、新しい友だち、新しい景色、新しいだれか特別な異性。新しいものはいつだってまぶしい。それと同時に、とても、とても、おそろしい。

わたしたちはまだ子どもだから、まぶしくておそろしいものの虜《とりこ》になってしまう。薄暗い非常階段で飽きることなく何度も抱きあったように。

片岡の手に力が入る。何度もくりかえし、絞るようにわたしの胸をつかむ。痛いのに、わたしはそうとは言えない。片岡の指のあとが、わたしの肌に赤く刻まれていくような気がする。ほんとにそうなればいいのにとわたしは思う。

乱れた息が耳にかかって、わたしはちいさく身震いした。

音が聞こえる。片岡の心臓の音が聞こえる。血のめぐる音が聞こえる。マンションのどこからか、生活の音が聞こえる。洗濯機のまわる音、コンロで湯の沸く音、赤ん坊の泣く声、時計の秒針、恋人たちの湿った音。

「入れるよ」

片岡のその声で、わたしは暗い非常階段に引き戻された。

「ゴムつけた?」

白い息が天井に吸いこまれていく。答えのかわりに下半身に衝撃があった。痛い痛い痛い痛い。

もうすぐ春がくる。春がくればすべてがうまくいく。わたしはそれを待っている。あったかくなれば、寒さにおびえなくてもよくなる。凍えた血もゆっくり溶けて流れ出す。春がくれば、こんな気持ちで抱きあうこともなくなる。

痛いのは、まだ春じゃないから。もうすぐ春がくるから。だから大丈夫。ぜんぶうまくいく。そうに決まってる。

片岡のリズムに合わせてわたしは唱えつづける。なんの根拠もないのに、すがるように何度も、もうすぐ春が――

「――」

そのときだった。重なるわたしたちの上に、ふっと影がさした。動きを止めた片岡の目が驚いたように見開かれる。

うしろをふりかえると、ウィンドブレーカーの上下を着込んだ若い男の人が踊り場からこちらを見おろしていた。手に宅配ピザのちらしの束を抱えている。

わたしは澱んだ目でその人を見あげた。その人は、いまにも泣き出しそうな顔をしていた。

「ご、ごめんね」

そう言い捨てると、彼はさっと踵《きびす》をかえして、階段を駆け上がっていった。

わたしたちよりもずっと年上の、大人の男の人が、あんなにも無防備に傷つけられたような顔をするなんて。そのときになってわたしははじめて知った。わたしたちの行為は、幼く、拙く、残酷なものなのだ。大人を傷つけてしまうぐらいに。

「見られちゃった、ね」

わたしは笑ってごまかそうとした。負けたくなかった。傷つけられるくらいなら傷つけたかった。かすかに震えているのを悟られないように、片岡の腕をつかむ手に力を入れる。

わたしにかぶさったまま、しばらく茫然《ぼうぜん》としていた片岡は、やがてゆっくりと動きはじめた。そのうつろな目はわたしを映さない。そのほうがよかった。片岡の目に映る自分がいま、どんな顔をしてるのか知りたくなかった。

律儀に最後までして、片岡はわたしから離れた。素早い動作でコンドームの始末をして、ズボンをずりあげる。今日はふりかえらない。へへへと笑わない。なにも言わない片岡の背中を、脚を開いた格好のまま、下着も身につけないでわたしはぼんやり見あげていた。

「生理がこないんだよね」

わたしは言った。片岡を傷つけるような言葉を、ほかにわたしは知らなかった。

「もう二ヶ月も遅れてる」

おいうちをかけるように言ったら、片岡がふりかえった。困ったような、泣き笑いのような顔をしていた。またまた冗談だろ、ばかじゃねえの、そんなわけあるかよ、気のせいだって。そうやって笑ってごまかそうとしたのかもしれない。でもうまくできなかった。そういう顔をしていた。そこかしこにあどけなさを残した、まだぜんぜん子どもの顔。

かわいそうな片岡。他人事のようにわたしは思う。

かわいそうな片岡。胸のうちでもう一度つぶやいてみたら、わたしだけ一足先に大人になったようで気持ちよかった。かわいそうな片岡、大丈夫だよ、おいで、抱きしめてあげるから、もうすぐ春がくる、そうすればわたしたち、やっと離れられるよ。

「やだ、どうしたの。へんな顔して。超うける。なにその顔、めっちゃへんな顔」

またトーン調整がくるったみたいだ。なにかが耳に詰まったみたいに音が遠い。階段に座り込んだまま足をバタバタさせて笑うわたしに、片岡の顔が恐怖に引きつる。

踊り場に転がっていた鞄を拾いあげ、逃げるように片岡が階段を駆けおりていった。その拍子に、おそろいで買ったキーホルダーが薄暗い階段の床に滑り落ちた。このキーホルダー、留め具んとこがなっすいんだよなあ。なっすいってなにそれ、聞いたことないんだけど。あれ、なっすいって言わない？　なすい、へぼいみたいな意味。言わないよぉ、へんなのぉ。いつだったか、通学路を歩きながらそんな会話をしたことを思い出した。

「なすいことしててんじゃねえよ」

吐き捨てるように言って、わたしは片岡を追いかけた。階段の手すりにつかまり一気に階段を飛び降りると、じんと足がしびれた。

非常階段を抜け出して、わたしは外へ飛び出した。白い息をまきちらしながら住宅街を駆け抜ける。夜空はベールをかぶせたように煙っていて、高く、薄い月がかかっていた。

一歩踏み出すごとに、スカートの裾が切り裂くように膝を擦る。下着を身につけていないせいで下半身がすうすうする。ときおり、街灯に照らされた片岡の背中が闇に浮かびあがる。わたしたちの距離がどんどん開いていく。

「待ってよ、片岡、ねえ待ってよ」

気管がずうずういやな音をたてる。おなかが鈍く痛みはじめる。それでも止まれないでわたしは走る。離れないで離さないで逃げないで。待って、待ってよ。だだをこねる子どもみたいに泣きじゃくって。追いかけても、追いついても、どうしていいのかわからないのに。

大きく息を吸い込むと、かすかに春のにおいがした。わたしはただ走り続けた。風に煽《あお》られ、前髪がぐちゃぐちゃになるのもかまわずに、ただただ走り続けた。

ねむりひめ

彼は穴を掘っていた。

強い太陽の朝だった。あたしは半袖《はんそで》のセーラー服から伸びた自分の腕が太陽に焼かれ色を変えていくのを想像して、はずむような足取りで駅までの道を歩いていた。横断歩道を駆け抜ける小学生の集団登校にならんで、先を急ぐあたしの足を止めたのは風だった。なにか予感のようなものをはらんだ風。追いかけるようにふりかえると、このあいだまでそこにあったはずの平屋が取り壊され、更地になっていた。そのとき、彼がそこで穴を掘っていることに気づいた。

その古い平屋には長いこと住人がいなくて、野良猫の棲家《すみか》になっていた。家ぜんたいを鬱蒼《うっそう》とした草木が覆っていて、おばけ屋敷のように不気味な雰囲気を漂わせていた。

あたしはしばらくのあいだその場に立ち尽くし、ぽっかり空いたその空間を眺めていた。ついこのあいだまでそこにあったものが、いきなり影も形もなくなってしまった。そのことが、とても気味悪く、おそろしいことのように感じられた。

その日から、あたしは毎朝、彼を見ている。

棲家を失った野良猫たちも空地のすみにかたまって、彼を見ている。

空地の奥にはビニールシートとダンボールでできた小さな家が建っていて、彼はそこで暮らしているようだった。ビニールシートの青い屋根の下で寝起きして、毎日穴を掘っている。淡々と、機械的に。伸びきった髪と髭《ひげ》で顔が隠れてよく見えなかったが、薄汚れたタンクトップから剥《む》き出しになった二の腕は赤黒くたくましかった。右腕に彫られているタトゥーがなにを描いているものなのか、歩道からでは判別できなかった。

あの穴は、とあたしは思う。あの穴は、どこに続いてるんだろう。彼はなにを目的にして、なにを目指してそうしてるんだろう。

日ごとに深くなっていく穴を覗《のぞ》き込んでみたかったけれど、歩道から境界線を越えて、あちら側に踏み込むことができなかった。穴の横に盛り上がった土の山がすこしずつ高くなっていることから、穴の深さをおしはかるしかなかった。

はじめて彼を目にしたときから、なにかに似てると思ってた。コンピューターゲームのキャラクターのようでもあったし、いつか映画で観た熱帯の殺し屋のようでもあったし、降りやまない雨のようでもあった。だけど、どれもすこしだけちがう。

「ほかにすることがないからしてるんじゃないの」

ふいに、慎《しん》ちゃんの言葉を思い出した。

そうだ、慎ちゃん。慎ちゃんだ。

彼は、あのときの慎ちゃんに似てる。

ぶちの仔猫がちいさく鳴く声がして、呼応するように野良猫たちがいっせいに鳴き出した。朝陽《あさひ》のまぶしさにあたしは目を細め、赤錆《あかさび》だらけのシャベルが黙々と土を掻《か》き出していくのを見た。


三十五分にホームに入ってくる電車の二両目、ドアのすぐ近くにいつも慎ちゃんはいる。朝いちばんに見る彼の顔は、どんなに蒸し暑い夏でも凍えるような冬でも印象が変わらない。

あたしは毎朝、慎ちゃんに声をかけるのをためらう。こうしていっしょに登校するようになって一年近くになるのにいまだに慣れない。ただ「おはよう」と言うだけのことが、顔が真っ赤になるほど恥ずかしい。慎ちゃんにはどこか、人を寄せつけないオーラみたいなのがある。

「おはよっ」

顔を見ないで、慎ちゃんの制服の胸ポケット、銀色のボールペンが差し込んであるあたりを見ながら逃げるように言った。

「おはよう」

あたしが繰り出すいろんなパターンの「おはよう」に対して、慎ちゃんから返ってくる「おはよう」はいつも同じトーンだ。機械みたいに正確で、ほんのすこしつめたい。それを聞くと、あたしはようやく安心できる。隣に立つことを許可された気がして。

「夏休み、どっか行きたい、ね」

電車が走り出してすぐ、窓の外を流れていく景色を見ながらあたしは言った。慎ちゃんはあたしのすぐ隣で参考書を開いている。

「夏休み、ねえ」

参考書に目を落としたまま慎ちゃんがつぶやく。

「夏期講習、毎日あるの？」

「そんな、毎日ってほどじゃないけど」

「たまには息抜きも必要だよ?」

そこで慎ちゃんは参考書から顔をあげた。

「ゆかりにつきあってたら、毎日息抜きすることになりそうだな」

あたしたちは受験生だ。

あたしは入れるとこならどこでもいいと思ってるからたいして真面目《まじめ》に勉強してないけど、慎ちゃんはあたしとちがって頭がいいので、けっこう難しい大学を志望してるみたい。必勝ハチマキ巻いてガリ勉するようなタイプじゃないと思ってたのだけど、やっぱり気軽に遊びに出かけたりはできないんだろうか。

「一日ぐらいどうかなって思っただけだもん。いいよ、受験生を無理に引っぱりまわすようなことしないから」

「おまえもいちおう受験生なんだけどな」

「あーもうわかりました。勉強します。夏休みは一歩も外に出ません。ずっと家で勉強してます。してればいいんでしょ」

「海がいいな、海」

慎ちゃんの漏《も》らした、うみ、という響きにあたしははしゃいだ。極力おもてには出さないようにして(そんなことしたら慎ちゃんの思うツボだし)、足の指をぎゅっと丸めて、奥歯をぎゅっと噛《か》みしめて、はしゃいだ。

朝の満員電車、車両が揺れるたびに乗客はみんな押したり押されたりで、ぐったりした顔をしている。だけど慎ちゃんだけは、地面から少しだけ浮いてるみたいにすずしい顔をしている。

こういうとき、あたしはなんだか得意になってしまう。慎ちゃんはとくべつ。慎ちゃんだけはちがう。

「ゆかりに海は似合わないか」

「……慎ちゃんに言われたくない」

目をすがめて笑う慎ちゃんにつられて笑ったら、へんな顔、と言ってまた慎ちゃんが笑った。

「うちのナオキ、マジですごいんだってば。こないだなんて、あたし潮吹かされたし」

「また出たよ、真美のノロケが」

「っていうかノロケとかそういう問題？　潮吹かされたって、そんな話がっこですんなよ」

「それほんとぉ？　あれっておしっこじゃないの？　ちがうの？」

「マジマジ、ほんとマジなんだってば。おしっことはちょっとちがう、だってにおいとかしなかったし。しかもちょーきもちいいの。みんな試してみたほうがいいって。今度貸したげるよ。うちのナオキ」

「出たよ、真美の〝うちのナオキ〟が」

「ナオキってあの頭わるそーなギャル男でしょ？」

「ごめん、マジでいらないから」

クラスの三分の二が女子の私立文系クラスでは、こんな会話が日常茶飯事だ。男子生徒は教室のすみっこに追いやられ、同い年の男の子なんてはなから眼中にない女たちは、声のトーンも下げずに猥談《わいだん》に花を咲かせている。

その中心にいるのが真美だ。ことあるごとにうちのナオキが、うちのナオキがって、彼氏の自慢ばかりしている。

どうしてそんな根拠のない自信をもてるのか、あたしは不思議に思う。真美は、自分が世界でいちばん正しく美しいと思っている。すごいねえ、真美は、とだれかが言えば、ふんと鼻で笑って、だっていいセックスしてるもん、なんて言ってのける。十四歳のときにはじめてセックスして以来、すっかり目覚めてしまった真美は、手当たりしだい、やりたいほうだい、いままで何人の男の子と寝たのかしれない。自分でもわからないのだと言う。

つかず離れずの距離で真美たちの会話を聞いていたあたしは、二枚爪《にまいづめ》を剝《は》がしながら真美の爪に目をやった。真美はいつもきれいな爪をしている。虹色のネイルカラーにラインストーンがきらめいた爪で、真美は毎晩のように男の背中を引っかく。

「ゆかりは？　ゆかりは最近どうなの？」

視線に気づいたのか、急に真美がこちらに水を向けてきた。

「え、べつに」

顔をこわばらせるあたしに、真美の顔が意地悪そうに歪《ゆが》む。グロスをべったり塗った肉厚の唇が、黒光りするぶよぶよの芋虫みたいだった。

「ああ、そっか、あんたんとこは、あの慎ちゃんだもんね」

小馬鹿にしたような〝慎ちゃん〟の響きに、あたしはむっとした。

友だちのあいだで慎ちゃんの評判はあんまりよくない。どこがよくてつきあってんの、いい男紹介するから別れなよ。あの手の男は絶対マザコンだよ。超いんきくさくない？　っていうかきもくない？　あんた男の趣味悪すぎだよ。みんな言いたいほうだいだ。

それでもあたしは慎ちゃんの隣にいる。ルックスとか年齢とか車とか仕事とかお金とか、そういうわかりやすいところで男を判断するのが悪いことだとは思わない。だけど慎ちゃんはちがう。だれにもわからなくていい。あたしにはとくべつだということを、あたしだけがわかってればいい。

「真美とゆかりはちがうんだから。ゆかりは愛する人とエッチできればそれでいーんだよね？」

だれかのフォローにあたしはあいまいに笑う。否定も肯定もしないで。

いれて、だして、いれて、だして、いれて、だして。

あたしにとって、それはただの作業だ。どうしてだれもがあの行為に意味をつけようとするんだろう。

ぴんとしたシーツの上に横たわって、見あげる慎ちゃんの首から肩のライン。目にするたびに、あんまりきれいで泣きそうになる。髪の先から滴り落ちる雫《しずく》をすべて受けたいと思う。飲みほして、干からびるまで、すべてあたしに欲しいと思う。なめらかな背中の感触を手のひらで味わって、あたしは満たされる。ほかになにもいらないと思う。

いれて、だして、いれて、だして、いれて、だして。

作業のあいだ、あたしの心はそこになく、穴の先を――そのずっと先を思い描いて、気が遠くなる。どこに続いてるんだろう。地球を突き抜けて裏側へ。光の届かない海底へ。果てしなく遠く、果てしなく深く。

作業のおわりに、おなかの上に吐き出される白い飛沫があたしたちのあいだに膜をはる。慎ちゃんはどこか上の空で、茫然《ぼうぜん》とあたしを見おろしてる。あたしたちは狭いベッドの上ではぐれてしまい、途方に暮れる。短い息を吐いて、慎ちゃんがようやくあたしを見つけてキスをする。そして、あたしは、生きかえる。

「まあねえ、愛のあるセックスはいいことだよ？　それはあたしにだってわかるよ？でも実際、いままででいちばんよかったのって、出会い系で知り合ったオヤジだったりするんだよね」

「オヤジはどうかと思うけど、言ってることはなんとなくわかる。彼氏とするのと遊びとじゃぜんぜんちがうよね。開放感みたいなのが」

「でも抱かれるとうれしいのは彼氏だけだし、抱かれないと不安になるのも彼氏だけだよ？」

「あー、それもわかる。そうなんだよねえ。うまくいかないことに。でもその点、ほら、うちのナオキの場合、カンペキだから。愛もあるし、エッチの相性もいいし」

「結局、真美はそこに行きつくんだ」

「もうほっときなよ」

「ゆかりも慎ちゃんだけとか言ってないでもっといろいろ試してみたほうがいいとあたしは思うよ？　いや、ほんとに。あんたのためを思ってあたしは言ってんの。いい男はほかにもいっぱいいるんだから」

「夏だしねえ」

「ぎゃはははは、なに言ってんの、夏だしぃって」

夏だしねえ。

耳鳴りがして、あたしはひとりで教室を出た。

夏休みに入ってからも耳鳴りはやまなかった。蟬《せみ》の鳴く声とまざって、うるさくて眠れない。

その耳鳴りが真美の笑い声だと気づいたのは、ホテルでナオキくんとセックスしているときだった。〝うちのナオキ〟のナオキくん。

「どうしたの？」

せつなそうな声でナオキくんが訊《き》いた。なんでもない、と答えて、あたしはまたその行為にふけった。

夏休みに入ってすぐの週末、ナオキくんのバイト先にひとりで遊びにいって、あたしから誘った。ナオキくんが行きつけにしてるというすかしたかんじのバーで軽く飲んで、ホテルに行った。ナオキくんはしきりに真美の名前を口にしていたけれど、お酒が進むうちにどんどん積極的になっていった。

先にシャワーを浴びてなにも身につけずに出ていったら、どうどうとしすぎじゃねえ？　もうちょっとこう、恥じらいとかないの、女の子なのに、とナオキくんは苦笑していた。わざわざ淫靡《いんび》な雰囲気をかもしだす必要なんてなかった。あたしとナオキくんの関係ほど淫靡なものはないのだから。

「知らなかった。意外に好きなんだね、ゆかりちゃん」

「ねえ、気持ちいい？　もっと気持ちよくなりたい？」

「いやらしいなあ。もうこんなに濡《ぬ》らして」

してるあいだずっと、ナオキくんは耳元でいやらしい言葉を囁《ささや》きつづけた。

あたしは鳥肌が立つぐらい感じて、大きな声をあげた。あたしに触れる指はいやらしく、ただそのためだけにあるようで、それだけで慎ちゃんとはちがった。子宮の奥深くから指先まで甘い痺《しび》れが走って、はやく欲しいと思った。はやく真ん中を貫いて欲しいと思った。

なのにナオキくんは、いつまでもそこに触れてくれなかった。あたしの欲しいところに欲しい刺激をくれないまま、じわじわと周囲を舐《な》めつづけた。執拗《しつよう》に、いやらしく。

「どうして欲しいの？　言ってごらん。なにが欲しいの？」

「いれて、おねがい、はやく」

それだけであたしはいきそうになった。「いく」ということがどういうことなのかわからないのに、いきそうなのだとはっきりわかった。

「おねがい、いれて、ほしいの、あれが」

あたしは腰をふって哀願した。もうなにも考えられなかった。とにかく欲しくて、それだけだった。だれのものでもない、あれが。ナオキくんのものでも慎ちゃんのものでもない、だれのものでもないただのあれが欲しかった。

「いくよ」

あたしの脚を開いて、ナオキくんがゆっくり体を沈める。それだけであたしはのけぞるぐらいよくて、よくて、すぐにいってしまった。

「ああ、すごく締まってる。いいよ、ゆかりちゃん、すごくいい」

ナオキくんの動きが早くなる。突かれるたびにあたしは声をあげた。何度も、何度も、波のように快感が寄せる。いい。すごくいい。わけがわかんなくなるぐらいいい。わけがわかんないのがいい。

「もういきそう」

かすれた声で言って、ナオキくんが引き抜いた。その瞬間、唐突に我にかえった。夢かと思ったけど、ちがった。

はじめて慎ちゃんとキスをしたとき、からだが溶けてなくなるんじゃないかと思った。このまま慎ちゃんのからだも溶けだして、あたしたちは混ざりあい、ひとつになる。最初はどろりと澱《よど》んだ水たまりで、次第に透明になりさらさらと流れ出していく。唇を重ねあわせ、指と指とをからませて、あたしはうっとりとそうなることを夢みていた。ずるりと魂を抜き取られ、どこかへさらっていかれそうな、そんなキスを、あたしたちはくりかえした。

最初のキスまで半年もかかったのに、キスからセックスまではすぐだった。そうしよう、とあたしから言った。からだをつなぎあわせれば、慎ちゃんとひとつになれるのだと、愚かにもあたしは信じてたのだ。

最初の痛みがうれしかった。からだを引き裂くような痛みに耐えているあいだ、うれしくてうれしくてこのまま死んでもいいとすら思った。あたしは楽器になった。慎ちゃんが上下するたび、甘く悲痛な音色があたしに響いた。

だけど。

回数を重ねるたびに痛みは薄らいでいき、あたしはなにも感じなくなった。なにも感じないからだで、あたしを貫く慎ちゃんを見ていた。あたしたちは悲しいくらい別個の、まったく異なる物体なのだとあたしは知ってしまった。どこまでいっても混じりあうことなどないのだと。あたしの心が、あたしと慎ちゃんをただの穴と棒にする。

「慎ちゃん、あたしのこと好き?」

答えはない。腰をふって、それが無言の答えなのだとでもいうように。

それじゃ、わかんない。

あたしのこと好き?

いつからか音楽は鳴らなくなった。

快楽に溺《おぼ》れたら堕落する。あたしが、ではなく、この恋が。あたしが守りたいのはこの恋。この恋だけだ。

汚したくなかった。絶対に。

それでもあたしは、キスの甘い官能だけは愛さずにいられなかった。

海に行こうと言ったら、驚いた顔をされた。

「海がいいって、慎ちゃんが言ったんだよ」

「そうだけど、海？　こんな時間から？」

そう言って慎ちゃんは眉間《みけん》に皺《しわ》を寄せた。見慣れた慎ちゃんの癖。なのにあたしは、少しだけ慎ちゃんに人見知りしていた。たった一週間離れていただけなのに。

「勉強してる？」

「ぼちぼち。ゆかりは……遊んでそうだね」

すこし陽に焼けたあたしの顔を見て、恨めしそうに慎ちゃんが言う。うん、遊んでる。毎日毎晩、遊んでる。わざと目をそらして、答えなかった。

水着も持ってなかったし、いまから行っても着いたころには陽が暮れて、とんぼ返りになることはわかっていたのだけれど、あたしたちは海へと向かう電車に乗り込んだ。

会わないあいだに読んだ本のこと、夜更かしばかりしていたせいですっかり昼夜逆転してしまったこと、かき氷を食べに行ったこと、隣の家のひまわりがきれいなこと、昨日見た映画のこと、電車に揺られながら、どうでもいいことばかり話した。

あのひと、まだ穴を掘ってるよ、毎日毎日ずっと掘り続けてるの。

それだけはなんとなく言えなかった。

「慎ちゃんはなにしてた?」

「べつにこれといってなんにも。夏期講習行って、図書館行って、家ではずっと寝てる」

つまんないことをつまんなそうな顔で慎ちゃんは言う。最後に会ったときとくらべて、襟足《えりあし》がすっきりしてる。切ったの、髪。訊くと、あ、うん、と答えた。

電車の中はがらんと空いていた。同じ車両にはほとんど乗客の姿はなくて、それでもあたしたちは顔を寄せあって、声をひそめて話した。

「着いたら、どうする?」

「そうだな。とうもろこし食べたい」

「とうもろこし? わざわざ海まで行って?」

「なに言ってるの、海って言ったらとうもろこしでしょ。あ、それと花火もしたいな」

「夜までいたら電車なくなるよ」

「また眉間に皺」

慎ちゃんの眉間を指さして、あたしは笑う。

泊まってけばいいじゃん。電車の音にかき消されるくらいの声で言ったら、それきり慎ちゃんは黙ってしまった。

終点で電車を降りて、海岸まで歩いた。肌にからみつくような湿った風が吹いて、海が近いのだと知らせていた。潮のにおいを漂わせ、海水浴帰りの子どもたちが駆けていく。いろとりどりの浮き輪やビーチバッグが流れていく。その流れにさからい、海へ出た。太陽はもう半分ぐらい海に飲み込まれていて、海岸に人はまばらだった。

砂浜の手前に出ていた屋台で焼きとうもろこしを買って食べた。とうもろこしはあちこち焦げていて、ほとんど味がしなかった。

「まずい」

一口しか食べてないとうもろこしを放り捨てようとしたら、貸して、と言って慎ちゃんがとうもろこしをかじった。ほんとだ、まずい、と笑って、またかじる。

ワンピースをたくしあげ、あたしは波打ち際を目指した。砂浜に座り込んで冷め切ったとうもろこしを食べている慎ちゃんが、太陽に目を細め、あたしを見ている。その視線をしっかり意識して、砂の上をあたしは進んでいく。砂に埋まるピンヒール、風に揺れるシフォンの花模様、遠い海岸線、すべてがあたしを魅力的に見せてくれればいいと思った。

「だめだよ、脱いだら」

素足とミュールのあいだのざらりとした感触がいやで、ミュールを脱ぎ捨てようとしたら、慎ちゃんが止めた。

「あっ」

片足立ちしていたあたしは、バランスを崩して砂浜に倒れこんだ。なにしてんの、と慎ちゃんが駆け寄ってきて抱き起こしてくれる。ざわざわ血液が波立つ。あたしたちの背後で、ゆらゆら燃える太陽が、空と海とを溶けあわせていた。

「ガラスの破片とか落ちてるから、危ないだろ」

砂浜はゴミだらけだった。潰《つぶ》れた空き缶やペットボトル、ひきちぎれた白いポリ袋、花火の燃えカス、割れてしぼんだビーチボール、濁《にご》った海の色。

「汚いね」

あたしはぽつんと言った。慎ちゃんがため息をつく。

あたしはこういうとき、慎ちゃんの言葉が欲しくてしかたがなくなる。特別な言葉でなくてもいい。どんな言葉だろうと、あたしには特別な意味を持つ。

「なんでみんな、ちゃんとゴミ持って帰らないんだろ」

「よく言うよ。自分だって、さっきとうもろこし捨てようとしたくせに」

「きれいなままでいるのって、難しいのかな」

「まあ、ここは内海だからね。外海にくらべたらもともときれいじゃないし」

そういうことを言ってるわけじゃなかったのだけど、慎ちゃんのその答えはあたしの気にいった。

閉店間際の売店で値段に見合わないしょぼい花火セットを買って、花火をした。

「こんなちゃっちかったかなあ。もっと、ぱあってなって、もっと長いことちろちろってしてなかった？　火薬ケチってるのかなあ。昔はこんなしょぼくなかったと思うんだけど」

線香花火をやりながら、慎ちゃんはずっと文句を言っていた。赤、青、黄に染まる煙たそうな顔を見ているうちに、このまま消えてなくなっちゃえばいいのにって思った。ぜんぶなくなっちゃえばいい。赤、青、黄に散る花火を見ているうちに、隣に座ってるひとがだれなのか、自分がだれなのか、あたしはわからなくなる。

どこまでいってもあたしたちはふたつだった。決してひとつにはならない。

ものすごい確率で、あたしたちはここにいる。砂のつぶとつぶが、海のあわとあわが出会うくらいの、奇跡に近い確率で、ひっそりとふたり、肩を並べて座って、きっと、あたしたちはずっとこうなんだろう。いままでもこれからも、ずっとずっとずっと。その途方もないかんじが、こわかった。

コンビニでかんたんな夕食と飲み物を買って、「ホテル潮騒《しおさい》」と書かれたひどいセンスの看板を頼りにホテルまでの道を歩いた。ホテル潮騒は、外観から想像していた以上に内装のボロい、いかにも田舎の古いラブホテルだった。海の近くだからか、値段は都心のきれいなホテルとさほど変わらず、詐欺だ、詐欺だ、とふたりで罵《ののし》りながら暗い廊下を歩いた。

「うわ、ひどいな……」

べろりとめくれた壁紙を見あげて、慎ちゃんは苦笑した。煙草《たばこ》の焦げと染みだらけの赤いソファに並んで、ご飯を食べた。ぼそぼそおにぎりをかじっているうちに、ふたりともなにもしゃべらなくなる。しんとした部屋に、空調の音がやけに耳についた。

普段から慎ちゃんはあまりしゃべるほうじゃない。教室の片隅でだれとも交わらず、難しそうなハードカバーの本を難しそうな顔で読んでいる。

高校に入ってすぐ、最初の席替えであたしは慎ちゃんのうしろの席になった。黒板が見やすいようにと気遣ってか、いつも猫背気味になっている背中がかわいかった。

衣替えの季節、少しずつまわりが白い半袖シャツに変わっていくのに、慎ちゃんはいつまでも重たい色の学生服を着ていた。夏服移行期間の最終日、はじめて目にした慎ちゃんの半袖シャツ、肘《ひじ》から手首にかけてすっと入った筋、それにあたしは恋をした。ひとめぼれだった。

あたしは少しでも慎ちゃんに近付きたくて必死になった。最初のうちは、そっけなくかわされてぜんぜん相手にされなかったけどめげずに追いかけた。無理を言って貸してもらった本やCDを、わけもわからず必死で読んだり聴いたりして、気のきいた感想を言って慎ちゃんの気を引こうとした。

いまでもそれは変わってない。あたしはいつでも慎ちゃんの気を引こうとしている。なにか話題を探して話しかけるのも、ふいにやってきた沈黙をぶちやぶるのも、いつもあたしの役目のはずだった。だけど、どうしてだか今日は、なにも思い浮かばない。沈黙に耐えかねたのか、テーブルのリモコンに手を伸ばして、慎ちゃんがテレビをつけた。いきなり全裸の女が脚を開いてよがっている映像が画面に映し出される。慎ちゃんは顔色ひとつ変えないでチャンネルを切り替えた。お笑いタレントがたくさん出ているバラエティ番組。

「なんで変えちゃうの？」

あたしが言ったら、慎ちゃんはなにも言わないであたしにリモコンをよこした。チヤンネルをもとに戻すと、くねくね蠢《うごめ》くクリアブルーのバイブレーターを鼻先に突きつけられ、裸の女は恍惚《こうこつ》の表情を浮かべていた。男の手が、女の中にそれを沈める。いやあ、これじゃあいやあ、おちんちんちょおだい、これじゃいやなのお。女の叫び声が、部屋の中に響く。

「なにこれ、ばかみたい。つまんないの」

リモコンを放り投げて、あたしはバスルームに入った。すごくしたい気分だった。気がくるうような、むちゃくちゃなファックを。

つめたいシャワーを頭から浴びても、ほてった体は冷めなかった。脚のあいだに指を這《は》わすと、敏感になっていたのか、あたしはすぐに達してしまった。でももっと、もっと欲しかった。だけど欲しいものはここにはない。あたしはバイブレーターがいい。心がないからそのほうがいい。

「なんか、疲れちゃった」

バスルームから出て、あたしはそのままベッドに雪崩《なだ》れ込んだ。このまま寝たふりをしてしまおうと思っているうちに、ほんとに眠ってしまった。

あたしはこわい。自分の中にどろどろ蠢いてる、この欲望を慎ちゃんに知られるのが。

そう思った次の瞬間には、眠りの沼に沈み込んでいた。

ぶあつい布団の下に熱がこもっている。あまりに暑くて、布団をはねのけた。その拍子に、目が覚めた。

頰のあたりにかすかな風を感じて、見ると、慎ちゃんの顔がすぐそこにあった。慎ちゃんの寝息があたしの前髪を揺らしていた。

ふしゅー。

慎ちゃんが息を吐く。寝てるときまで慎ちゃんは眉間に皺を寄せている。おかしいの。急にいとしさがこみあげて、あたしは胸を詰まらせる。

布団の下にそっと手を忍ばせて、慎ちゃんの裸の胸を撫《な》でる。ほんのり湿り気を帯びた肌は、手に吸いつくようで気持ちよかった。あたしは布団にもぐりこみ、慎ちゃんの性器を握る。やわらかくしぼんだそれを、花を手折《たお》るように根本から摘み取る。ふしゅー。慎ちゃんが息を吐く。

大事なそれを両手で包んで、あたしはバスルームに飛び込んだ。口に含むと、ぱっくり開いた口の先から、ふしゅー、ふしゅー、と息を吐いた。むくりむくりと起き出して、あたしにキスをする。首の下をちょろちょろ撫でてやると、気持ちよさそうに震えて、ふしゅー、ふしゅー、と息を吐く。

あたしは、からだが熱くなってくるのを感じて、腰をふった。はやる鼓動に急《せ》かされるように、慎ちゃんの分身を握りしめ、自分のやわらかい部分にあてる。それだけでとろけそうになった。

ゆかり。

そのとき、耳元で慎ちゃんの呼ぶ声がした。手に持っていたものを背中に隠してふりかえると、少し開いたドアの隙間《すきま》から慎ちゃんがこちらを見ていた。どうしよう。見つかっちゃった。どうしよう。どうしよう。足が震えた。汗が噴き出した。あたしの手の中で、硬くそりかえっていた慎ちゃんがしゅんとしぼんでいった。

次に目が覚めたときは、自分の部屋にいた。

頭から水をかぶったように汗でぐっしょり濡れていた。ひどく喉《のど》が渇いていた。ぼんやりしたまま起き上がって、窓を開ける。夏の夜の濃い空気が部屋の中に入ってくる。まだ夜明けには遠いみたいだった。

あたしはかばんを引っくりかえして、町で配っていたテレクラのポケットティッシュを取り出した。

「いまから会える？」

電話が繋《つな》がったのと同時に、あたしは言っていた。

その日から、あたしはいろんな男とセックスした。

なんでもよかった。若い男でも、自分の父親より年配の男でも、だれでも。慎ちゃんでさえなければ、だれでもないのとおんなじだった。

ナオキくんからまた会えないかとしつこく連絡がきたけど、相手にしなかった。くりかえし何度もあたしに触れられるのは慎ちゃんだけだ。

中には終わってからお金をくれる人もいた。そういうときは、ホテルを出てその足でショップに行って、真美がよく着ているようなビッチな服や下着を買った。男と会うときはそれを着て、派手な化粧をした。

大きなバンにのった三人組の男に声をかけられ、ひとけのない公園沿いに車を停め、三人にかわるがわる犯されたりもした。ブラックライトの光る車内で、大音量のハウスミュージック、四方八方から手が伸びてきてわけのわかんないかんじがよかった。

自然といろんなことを身につけていった。男を挑発するしぐさ、口でいかせるやりかた、腰の使いかた、頭をからっぽにして快楽に身を浸す方法。お金も煙草もお酒も薬もなにもかもがかんたんに手に入ったけど、あたしにはそのどれも必要なかった。

慎ちゃんのくれるまなざしと言葉以外、あたしに必要なものなんてない。そう、これはただのひまつぶし。どこに向かうかもしらない、ただ進むための、生きてくためのひまつぶし。そうしなくちゃ生きてけないからそうするだけ。

「なんだか、別人みたいな顔してる」

毎晩、遅くに帰ってくるあたしの顔を見て、母親は他人のように言い放った。

太陽は日をおうごとに強くなっていたけど、この夏、あたしの二の腕が色を変えることはなかった。

彼はまだ穴を掘っていた。

なんだか家に居づらくて、かといって行きたい場所もないので、夕暮れの住宅街をふらふら歩いて空地にたどりついた。あたしはためらうことなく一線を越えて、穴に近づいた。すみのほうで丸まっていた猫たちが、ゆっくり首を曲げてスカートの裾《すそ》を追う。姿は見えなかったが、ときどき穴から吐き出される土がそこに彼がいることを知らせていた。

「なにやってるんですか」

声をかけると、三メートルほどの深さに掘られた穴の底で男が顔をあげた。力ない表情であたしを見あげる。目だけがぎらぎらしていた。二十代後半ぐらいだろうか。

意外に若いことに驚いた。

「はあ、まあ見てのとおりです」

「どこまで掘るんですか」

「掘れるまでです」

「どこまで掘れるかわかんないんですか」

「わかんないんです」

まったく気のない喋《しゃべ》り方だった。あたしが黙ってしまうと、彼はまたシャベルで土をかき出しはじめた。

「そこにいると土をかぶるから、退いた方がいいですよ」

そう言って、追いはらうように土を放る。放られた土の一部が、スカートにあたって、さらさらこぼれ落ちる。

「セックスしませんか」

あたしは言った。

「いいですね」

作業を止めて、彼が言った。やっぱり気のないかんじの声だった。

穴の底で、あたしたちはセックスをした。彼の腕は太陽の色をしていた。肩から肘にかけて、すっとひとすじ垂れ下がった蛇のタトゥー。汗と埃《ほこり》といろんなものがまじったにおいに、何度か吐きそうになった。触れられるたび、爪の先まで汚染されていくかんじがした。うしろから、上から、下から、何度も突きあげられた。そのたび、あたしは鳴いた。呼応するように野良猫たちも鳴いた。体を持ちあげられ、空中で貫かれているとき、うんと背をそらして空を見たら、紺碧《こんぺき》の夜空に無数の星がきらめいていた。

次に通りかかったとき、そこはアスファルトで舗装された月極駐車場になっていた。彼の姿はどこにもなく、穴はあとかたもなく消えていた。あまりに突然、忽然《こつぜん》と消えてしまったから、あたしはこわくなった。あたしはあそこで蛇のタトゥーのある汚れた男とセックスした。あれは夢だったんだろうか。そんなはずない。でも、自分の記憶に自信がもてない。アスファルトの上でも、野良猫たちは同じ場所にうずくまって体を寄せあっていた。

お盆に慎ちゃんと花火大会に行った。中学生のころから着ている子どもっぽい浴衣《ゆかた》がいやで、しぼりの浴衣を新調した。去年と同じ浴衣じゃいやだった。

川沿いの道は、例年通りの人の出で、はぐれないように握った手が汗ばんでくすぐったかった。屋台の焼きとうもろこしを食べたら、あの浜辺で食べたものより圧倒的においしくて、そら見たことか、って顔して慎ちゃんがあたしを見おろした。夜空にひらめく打ち上げ花火が慎ちゃんの顔を赤、青、黄に照らしていた。祭りばやし、花火の打ちあがる音、子どもの泣く声、慎ちゃんと見つめあって笑った。

花火大会を途中で抜け出して、あたしたちは人の流れにさからって歩きはじめた。下駄《げた》がからからいうのが楽しくて、わざと音をたてて歩いたら、うるさい、うっとうしい、と言って慎ちゃんが笑った。慎ちゃんのスニーカーはまったく音をたてなかった。

手をつないだままホテルに入った。

こういうとき、慎ちゃんはやさしい。つめたいかんじのするひとなのに、あたしに触れるときだけはやさしい。慎ちゃんのかわいた手があたしの背中を撫でる。抱き寄せる。唇が落ちてくる。

あたしはただの穴。

呪文《じゅもん》のようにくりかえす。あたしの中にぽっかり空いた、欲望の穴。慎ちゃんでは埋められない。これはただの作業。

いれてだしていれてだしていれてだしていれてだして。いちにーさんしーごーろくしちはち。いれていれて、だしてだして。

慎ちゃんがいくとき、あたしは決まって泣きそうになる。無防備な姿がいとおしいと思って泣きそうになる。

慎ちゃん、好き、大好き。世界でいちばん大好き。それだけはほんとうなの。

「ゆかり」

かすれた声を耳にしたとたん、全身が強くしびれた。胸を、体の芯《しん》をつかまれて、絞られるような快感があった。

「あ」

下半身からじわじわとなにかが寄せてくる。だめ。きちゃだめ。願いとは裏腹に、高波のようにそれは押し寄せる。

「ゆかり？」

だめ。おねがいだから、だめ。いや。そんなのはいや。

慎ちゃんの呼ぶ声。朝の満員電車でこっそり見あげる横顔。少しだけ外側に曲がったひざ。Tシャツにしみついたにおい。イヤフォンから漏れるポップミュージック。すべてがとくべつだった。とくべつにしておきたかった。

「どうしたの、痛い？」

好き、慎ちゃん、大好き。

「なんで、泣くの」

慎ちゃんまで泣き出しそうな顔をしていた。

このまま溶けてしまえたらいいのに。祈るような気持ちで目を閉じる。溢《あふ》れ出した涙がひりひり痛くて熱かった。

あたしは、あたしたちは、溶けあって水になるべきだったのだ。そして、いま、あたしはこの一瞬に、すべてが夏の太陽に飲み込まれひとつになる夢をみた。

解　説

南　綾子

大変無礼なのを承知で書くが、わたしは吉川トリコをなめていた。はじめて『しゃぼん』を読んだのは、トリコさんが新潮社の「R－18文学賞」の大賞と読者賞を受賞された翌年、自分も同じ大賞に決まったばかりの二十四歳のころだった。トリコさんの担当、というか今ではわたしの担当でもある編集者さんから『しゃぼん』の単行本をいただいたとき、わたしは、ふーん、と思った。

吉川トリコさん？　ふーん。まだ二十代（当時）なんだー、ふーん。そんなに分厚くないし、内容も簡単そうだし、なんか半日ぐらいでささっと読めちゃいそうな本だなー。この人あんまり学歴も高くないみたいだし（ちなみにトリコさんはわたしの学校の先輩）、名古屋在住だし（わたしは生まれも育ちも名古屋）、たいしたことなさそうだよなー。

と自分のことを棚にあげまくりながらそんなことを考えた。よーするに調子に乗っていたのである。同世代の作家のほとんどを見くびって、自分よりへたくそなやつばかりだと思いあがっていた。同世代の作家の小説のほとんどを読んでいないのに。作家志望者が陥《おちい》りがちな痛々しいうぬぼれである。とかいってそんなもんわたしだけだったら恥ずかしいのだが、まあともかく、要するにわたしは吉川トリコをなめていた。

しかし。

作品を読み進むにつれて、あまりの素晴らしさにおそれを抱いた。同じ学校を出たのに、どうしてこの人はこんなに面白い話が書けるのか。どうしよう、わたしやばいかも。もしかすると編集者に認められるような作品を書くことなど、わたしレベルでは無理かもしれない。夢中で一気読みした直後、自分がどれほど間抜けな考えを持っていたかを痛感した。

この作品集でわたしが最も恐れ入ったのは、表題作「しゃぼん」だ。主人公の花はいわゆるニート。恋人のハルオに寄生し、働かないどころかろくに家事もせず、自主的に風呂にも入らず、頭皮から糞《くそ》の匂いをさせ白豚のごとくブクブク太りまくるという自堕落《じだらく》な生活を送っている。一方ハルオは花に小遣いを与え身の回りの世話までしてやり、一見甲斐性がありそうだが、職業はピザ屋のバイト、しかもそこから脱出しようという気概は彼からは微塵《みじん》も感じ取れない。二人はもうどうしようもなさすぎるほどにどうしようもない貧乏同棲カップルであり、表面上は仲良さそうにしているものの、長い間セックスレスの状態、というか男女の関係性はもはや破綻《はたん》してしまっているように見える。だって普通、彼氏に自分の経血を見られて平気でいられる女がいるだろうか。わたしなら彼氏に「お尻真っ赤になってるよ」なんて指摘されようものなら、あまりの恥ずかしさに一週間は口をきけない。作中だけで花はそれを二度やらかしており、それどころか過去何度も同じ過ちをしでかしていることがほのめかされている。最低だ。ハルオもハルオである。「だれかさんのおかげで、女の子に幻滅《げんめつ》することなんてもうこれ以上ない」などとのたまい、当たり前のように花を受け入れているこの男からは、性欲とか、それに類するものが一切認められない。陰でこそこそオナニーしている気配もなければ、風俗通いもしていなさそうだ。乱暴な言葉で言えば「チンコついてんのか?」的な奴である。花自身も、彼が去っていく恐怖は少なからず感じているものの、自分を捨てて他の女に走るかも、とはあまり考えていない。つまり花が、自分が「女でないなにか」になりはててしまっていると自覚しているように、彼自身も「男」を捨ててしまっているように、わたしには見える。

しかしである。なぜかわからないけれど、この二人から漂ってくる空気は異様にエロい。まずこの点に、わたしはハッとさせられた。

エロい描写なんか一切出てこないのに、濃密なほどのエロスが漂ってくる。この作品集には性愛を扱ったものが他にあるが、わたしは本作がいろいろな意味で一番エロいとすら思う。かつて二人が、まだ女であり男であった頃、繰り返し繰り返しむさぼるように行われていた性交の気配が、花の香りのようにむっと胸をつくのだ。作者がこれをわざとやっているのか、あるいは偶然なのかわからないが（トリコさんはお友達なので直接聞こうと思えば聞けるけど恥ずかしい）、エロい表現を使わずしてエロを表現する、その才能に、デビュー前のわたしは正直嫉妬《しっと》した。

そして花を通して見る、日常風景の鮮やかさ。何でもない時間を何でもなく描いて、それなのにとても切ない。わたしが一番好きなのは、花とハルオのもとに、ハルオの妹なっちゃんが実家から盗んできた鯛《たい》を手みやげにやってくる場面。「おさかな天国」の替え歌でハルオを侮辱しながら、花は心のうちで「なんだかすごく完璧な気がした」とつぶやく。完璧に楽しくて、完璧に幸せ、それなのに涙が出る。それほど劇的な感情の嵐が彼女の内側で巻き起こっているのに、しかし、彼女が口にするのは「ハルオを食べるとあたまがばかになる」というあまりにバカバカしすぎるフレーズ。その場面を読みながら、わたしもまた心の中で「完璧だ」とつぶやいた。完璧におかしくて、完璧に切ない。

今回、数年ぶりに本作を読み直して、トリコさんは日々の何でもない風景を描くのが本当に上手だなあと改めて思った。誕生日に欲しいものはあるかと聞かれ、「欲しいものなんてなにもないわ」と芝居めかして言う花のセリフ、ハルオが目撃する中学生の青姦、「ジョニー・デップは宇宙の宝」と言い切るハルオの妹。ラストシーン、母親からの留守電メッセージを聞いたあと消去ボタンを連打する場面など、その後二人の泣き笑いの笑顔が目に見えるようで、思わず読んでいるこちらまでニヤニヤしてしまった。物語の流れとは一見無関係に見えるこれらのシーンが、ひとつひとつ小さなジャブみたいに繰り出され、読み終わると同時に切なさの大きな塊《かたまり》になって心に響く。何でもない日常にこそ物語の小さな萌芽《ほうが》があり、何でもない日常は往々にしてバカバカしくて間抜け。悲しいできごとは悲しさの積み重ねで起こるのではなく、本当はそういったバカバカしさの積み重ねが突如悲しみに変貌してしまうのだ。今回本作を読み返して、そんなことを思った。

それにしても、月日がたてば同じ小説でも感じ取るものは違ってくる。冒頭にも書いたが、わたしが『しゃぼん』をはじめて手にしたのは二十四歳のときだ。当時のわたしは彼氏もいなければ、半年以上男女交際が続いたこともなかった。もちろん同棲の経験もない。結婚に対する焦りも全くといっていいほどないし、出産など遠い未来のことだと考えていて、親戚や友人からおめでたい報告を受けても心の底から祝福できていた。そんな若さピチピチはじけていた二十四歳のわたしは、本作を読んだとき、実は花とハルオがちょっとうらやましいと思った。彼氏に「うんこのにおいするよ⁉」とまで言わせる花のずぼらさに軽く軽蔑《けいべつ》の念を抱いたものの、男でも女でもまして夫婦でもない、お互いとお互いがとろけ合うように暮らす生活に、ほのかな憧れを抱いた。つまり、倦怠期《けんたいき》カップルのほのぼのとした日々を描いた物語として本作を読み取り、花の心の中でふつふつ沸き起こる不満や恐怖や嫉妬を、本当の意味で理解できていなかった。

気がつけばそんなわたしもいつの間にか三十路《みそじ》手前である。以前は三十路と三十路前で一応の区別はされていたのに、最近は「アラサー」などとひとくくりにされてしまうようになった。恐ろしい世の中である。年が明ければわたしはもう二十九歳、つまり花と同い年になる。いまだに同棲バージンではあるものの、それなりにそれなりの経験を積んだ。そんな自分が、もし二十九歳の誕生日に、弟から「今日、嫁さんが子供産んだ」と知らされたら（現時点で彼は未婚なのでありえない話なのだが）、はたして正気でいられるだろうか。自信がない。まずその年のお盆は何かと理由をつけて帰省しないこと確実である。ただでさえ、高校の同級生なんかから久しぶりにメールが届いたりすると、「結婚の報告だろうか、そうだそうに違いない」などと恐れおののき、メールを開くのに相当の度胸がいるようになってしまった。落ち込んでいるときはそのまま消去しそうになることもある。やっとのことでメールを開き、タイトルが「報告です♪」だった日には壁に携帯を投げつけたくなる。そんな状態のわたしであるからして、二度目の「しゃぼん」は、決して平常心で読み終えられるものではなかった。

以前トリコさんに、「あんたの小説は電車の中で気軽に読むことができないから困る」と言われたことがあった。それぐらい内容がいろいろな意味でヘビーすぎるということらしい。確かにわたしの二冊目の長編小説は、自分でこんなこと書くのもアレかもしれないが、人によっては嫌な気分になる作品だ。それにひきかえトリコさんの小説は、電車でも飛行機でもデート前でもいつでも気軽に読めそうだし、読み終わった後の余韻《よいん》は爽やか、決して人を不愉快にしない。例えば救いようのない結末の小説を読んだりすると、その後一日どんよりした気分で過ごすことになってしまうこともままあるが、トリコさんの小説でそれはない。

かと思いきや、二度目の「しゃぼん」は、今のわたしにとって大層ヘビーであり、苦しかった。

トリコさん、わたしはもうこの本、しばらくは電車で気軽には読めそうもありません。おあいこですね（何が？）。

この作品は二〇〇四年十二月、新潮社より刊行されました。
文庫化にあたり、加筆・修正しました。

集英社文庫

しゃぼん

2009年11月25日　第1刷　　定価はカバーに表示してあります。

著　者　吉川《よしかわ》トリコ
発行者　加藤　潤
発行所　株式会社 集英社
東京都千代田区一ツ橋2-5-10　〒101-8050
電話　03-3230-6095（編集）
03-3230-6393（販売）
03-3230-6080（読者係）
印　刷　大日本印刷株式会社
製　本　大日本印刷株式会社

フォーマットデザイン　アリヤマデザインストア　　マークデザイン　居山浩二

本書の一部あるいは全部を無断で複写複製することは、法律で認められた場合を除き、著作権の侵害となります。
造本には十分注意しておりますが、乱丁・落丁（本のページ順序の間違いや抜け落ち）の場合はお取り替え致します。購入された書店名を明記して小社読者係宛にお送り下さい。送料は小社負担でお取り替え致します。但し、古書店で購入したものについてはお取り替え出来ません。

© T. Yoshikawa 2009　Printed in Japan
ISBN978-4-08-746504-4 C0193